suhrkamp taschenbuch 3723

Dieses kleine erotische Meisterwerk des großen peruanischen Autors erzählt von der sinnlichen und schönen Doña Lukrezia, der gerade vierzigjährigen Stiefmutter, von Don Rigoberto, dem Vater und Ehemann und phantasievollen Liebhaber Lukrezias, und von Alfonsito, dem beunruhigenden Söhnchen, das eine alarmierende Anhänglichkeit für seine Stiefmutter bekundet und durch dessen engelhafte Anwesenheit in einem Haus, wo dem Wünschen und Begehren keine Grenzen gesetzt zu sein scheinen, alles ins Fließen, ins Wanken gerät.
»Es ist der gewagteste erotische Roman der jüngeren lateinamerikanischen Literatur.« *Wolfgang Wagner, Hannoversche Allgemeine Zeitung*

Mario Vargas Llosa, geboren 1936 in Arequipa/Peru, ging 1959 als Stipendiat nach Madrid, arbeitete später in Paris für Agence France Press und Radiodiffusion Française. 1966 verlegte er seinen Wohnsitz nach London, wo er 1967 einen Lehrauftrag an der Universität erhielt. In den folgenden Jahren hatte er mehrere Gastprofessuren inne, u.a. in Washington und Puerto Rico. 1976 wurde er zum Präsidenten des Internationalen PEN-Zentrums gewählt. Nach Inkrafttreten der neuen peruanischen Verfassung von 1980 zog er wieder nach Lima, und als 1987 die Wirtschaft Perus verstaatlicht wurde, widmete er sich verstärkt der politischen Arbeit. 1990 bewarb sich Vargas Llosa als Kandidat der Frente Democrático (FREDEMO) bei den peruanischen Präsidentschaftswahlen, in denen er in der Stichwahl unterlag. Mario Vargas Llosa lebt heute in London und Lima.
Sein vielfach ausgezeichnetes Werk erscheint im Suhrkamp Verlag und ist auf Seite 200 dieses Bandes verzeichnet.

Mario Vargas Llosa
Lob der Stiefmutter

Roman

Aus dem Spanischen
von Elke Wehr

Suhrkamp

Titel der 1988 bei Tusquets, Barcelona, erschienenen
Originalausgabe: *Elogio de la madrastra*

Umschlagfoto:
Edward Steichen. Lily Damita (Ausschnitt), 1928.
Die Wiedergabe erfolgt mit freundlicher Genehmigung
von Joanna T. Steichen.

suhrkamp taschenbuch 3723
Erste Auflage dieser Ausgabe 2005

Druck: Ebner & Spiegel, Ulm
Printed in Germany
Umschlag: Göllner, Michels, Zegarzewski
ISBN 3-518-453723-3

1 2 3 4 5 6 – 10 09 08 07 06 05

Lob der Stiefmutter

Man trage seine Laster wie einen Königsmantel, ohne Hast. Wie eine Aureole, deren man sich nicht bewußt ist, die man nicht zu sehen vorgibt. Nur bei lasterhaften Wesen verschwimmt der Umriß nicht im glasigen Schmutz der Atmosphäre. Die Schönheit ist ein Laster, ein herrliches Laster, der Form.

César Moro, Tödliche Liebe

1. Doña Lukrezias Geburtstag

An ihrem vierzigsten Geburtstag fand Doña Lukrezia auf ihrem Kopfkissen ein Schreiben mit liebevoll gemalten, kindlichen Schriftzügen:

Herzlichen Glückwunsch zum Geburtstag, Stiefmutter!

Ich habe kein Geld, um Dir etwas zu schenken, aber ich werde ganz viel lernen, und dann werde ich Klassenbester, und das ist dann mein Geschenk. Du bist die Beste und die Schönste und ich träume jede Nacht von Dir.

Noch einmal herzlichen Glückwunsch!

Alfonso

Es war nach Mitternacht, und Don Rigoberto befand sich im Badezimmer, wo er sich seinen allabendlichen Waschungen unterzog, die kompliziert und langwierig waren. (Nach der erotischen Kunst war die körperliche Reinigung sein liebster Zeitvertreib; die geistige beunruhigte ihn nicht weiter.) Gerührt über den Brief des Kindes, verspürte Doña Lukrezia den unwiderstehlichen Impuls, zu ihm zu gehen und ihm dafür zu danken. Diese Zeilen bedeuteten ihre wirkliche Aufnahme in die Familie. Ob er wohl noch wach war? Was machte das schon! Wenn nicht, würde sie ihn ganz vorsichtig auf die Stirn küssen, um ihn nicht zu wecken.

Während sie im Dunkeln die teppichbelegten Stufen des Hauses hinunterging, auf das Schlafzimmer von Alfonso zu, dachte sie: ›Ich habe ihn gewonnen, er mag mich schon.‹ Und ihre alten Befürchtungen in bezug auf das Kind begannen sich aufzulösen wie der leichte Nebel, den die Sonne in Lima an den Sommermorgen vertreibt. Sie hatte vergessen, sich den Morgenmantel überzuwerfen, ihr Körper war nackt unter dem leichten Nachthemd aus schwarzer Seide, und ihre weißen, üppigen, noch immer festen Formen schienen im Halbdunkel zu schweben, in das hier und da der Widerschein der Straße fiel. Die langen Haare fielen offen über ihre Schultern, und sie hatte sich die Ohrringe, Halsketten und Ringe des Festes noch nicht abgenommen.

Im Zimmer des Kindes war Licht – natürlich, Foncho las ja immer bis spät in die Nacht! Doña Lukrezia klopfte und trat ein: »Alfonsito!« Im gelblichen Lichtkegel der kleinen Nachttischlampe tauchte erschreckt ein kleines Engelsgesicht hinter einem Buch von Alexandre Dumas auf. Seine goldenen Locken waren zerwühlt, sein Mund stand halb offen von der Überraschung, so daß die doppelte Reihe schneeweißer Zähne sichtbar wurde, und die großen blauen, weit aufgerissenen Augen versuchten, sie aus dem Dunkel der Türschwelle zu lösen. Doña Lukrezia verharrte reglos und betrachtete ihn zärtlich. Was für ein hübsches Kind! Ein Krippenengel, einer jener Pagen auf den galanten Stichen, die ihr Mann festverschlossen verwahrte.

»Bist du es, Stiefmutter?«

»Was für einen hübschen Brief du mir geschrieben hast, Foncho. Das schönste Geburtstagsgeschenk, das ich je bekommen habe, das schwör ich dir.«
Das Kind war aufgesprungen und stand schon im Bett. Es lächelte ihr zu, mit ausgebreiteten Armen. Während Doña Lukrezia auf es zuging und ebenfalls lächelte, erhaschte – erriet? – sie in den Augen ihres Stiefsohnes einen Blick, der von Freude zu Verwirrung wechselte und sich perplex auf ihren Oberkörper heftete. ›Mein Gott, du bist ja fast nackt‹, dachte sie. ›Wie konntest du nur so dumm sein und den Morgenmantel vergessen. Was für ein Anblick für den armen Jungen.‹ Hatte sie vielleicht etwas zuviel getrunken?
Aber Alfonsito umarmte sie schon. »Alles Gute zum Geburtstag, Stiefmutter!« Seine frische und sorglose Stimme machte die Nacht jung. Doña Lukrezia spürte gegen ihren Körper die aufgeschossene Gestalt mit ihren zerbrechlichen kleinen Knochen und mußte an einen Vogel denken. Ihr kam der Gedanke, daß das Kind wie Schilfrohr zerbrechen könne, wenn sie es allzu fest drückte. Wie er so auf dem Bett stand, waren sie beide gleich groß. Er hatte seine schmalen Arme um ihren Hals geschlungen und küßte sie zärtlich auf die Wange. Doña Lukrezia umarmte ihn ebenfalls; ihre eine Hand, die unter die Jacke des marineblauen Schlafanzuges mit roten Streifen geglitten war, strich ihm über den Rücken und versetzte ihm

kleine Klapse, wobei sie mit den Fingerspitzen die zarte Linie seiner Wirbelsäule spürte. »Ich hab dich sehr lieb, Stiefmutter«, flüsterte die kleine Stimme an ihrem Ohr. Doña Lukrezia fühlte schmale Lippen, die vor ihrem Ohrläppchen innehielten, es mit ihrem Atem wärmten, es küßten und spielerisch an ihm knabberten. Sie hatte den Eindruck, als würde Alfonsito, während er sie liebkoste, gleichzeitig lachen. Das Herz ging ihr über vor Rührung. Und dabei hatten ihr die Freundinnen prophezeit, daß dieser Stiefsohn das größte Hindernis sein würde, daß sie seinethalben mit Rigoberto niemals glücklich werden könnte. Bewegt küßte auch sie ihn, auf die Wangen, auf die Stirn, auf das zerwühlte Haar, während vage, wie von ferne, ohne daß sie es richtig gewahrte, ein anderes Gefühl ihren ganzen Körper durchdrang und sich vor allem an jenen Stellen konzentrierte – den Brüsten, dem Bauch, den Oberschenkeln, dem Hals, den Schultern, den Wangen –, die sich mit dem Kind berührten. »Hast du mich wirklich sehr lieb?« fragte sie, während sie sich zu befreien suchte. Aber Alfonsito ließ sie nicht los. Er hängte sich nur noch mehr an sie, während er ihr mit heller Stimme antwortete: »Unheimlich lieb, Stiefmutter, dich am allermeisten.« Dann nahmen seine kleinen Hände sie bei den Schläfen und bogen ihren Kopf zurück. Doña Lukrezia spürte kleine rasche Küsse auf der Stirn, auf den Augen, auf den Augenbrauen, auf der

Wange, auf dem Kinn ... Als die schmalen Lippen die ihren streiften, preßte sie verwirrt die Zähne aufeinander. Wußte Fonchito, was er da tat? Sollte sie ihn zurückstoßen? Aber nein, nein, was konnte schlecht sein am übermütigen Geflatter dieser ausgelassenen Lippen, die sich zwei-, dreimal, während sie die Geographie ihres Gesichtes durchirrten, einen winzigen Augenblick lang auf die ihren legten und sie gierig preßten.

»Schön, und jetzt wird geschlafen«, sagte sie schließlich, während sie sich aus den Armen des Kindes löste. Sie bemühte sich, unbefangener zu wirken, als sie war. »Sonst kommst du morgen nicht aus dem Bett und zur Schule, mein Kleines.«

Das Kind nickte und legte sich hin. Es strahlte sie an, mit geröteten Wangen und verzücktem Gesicht. Wie konnte etwas Schlechtes an ihm sein! Dieses reine, kleine Gesicht, seine fröhlichen Augen, sein kleiner Körper, der sich unter den Laken zurechtkuschelte und zusammenrollte, waren sie nicht die Verkörperung der Unschuld? Verdorben bist du, Lukrezia! Sie deckte ihn zu, richtete das Kopfkissen gerade, küßte ihn auf die Haare und knipste die Nachttischlampe aus. Als sie das Zimmer verließ, hörte sie ihn zwitschern:

»Ich werde Klassenbester, und das ist dann mein Geschenk für dich, Stiefmutter!«

»Versprochen, Fonchito?«

»Ehrenwort!«

Während Doña Lukrezia in der komplizenhaften Intimität der Treppe zum Schlafzimmer zurückkehrte, spürte sie, daß sie von Kopf bis Fuß glühte. ›Das ist doch kein Fieber‹, dachte sie benommen. War es möglich, daß die unschuldige Zärtlichkeit eines Kindes sie so erregte? Du verdirbst allmählich, meine Liebe. Ob dies das erste Zeichen des Alters war? Denn soviel war gewiß: sie stand in Flammen, und ihre Beine waren naß. Schäm dich, Lukrezia, schäm dich! Und plötzlich schoß ihr die Erinnerung an eine frivole Freundin durch den Kopf, die bei einer Teegesellschaft, auf der Gelder für das Rote Kreuz gesammelt wurden, rote Gesichter und nervöses Kichern an ihrem Tisch ausgelöst hatte, als sie erzählte, sie brenne wie eine Fackel, wenn sie nackt mit einem kleinen Patensohn die Siesta halte und sich von ihm den Rücken kraulen lasse.

Don Rigoberto lag rücklings auf der granatroten Bettdecke, die mit einem Muster in Form von Skorpionen bedruckt war, nackt. In dem dunklen Zimmer, das kaum erhellt wurde vom Widerschein der Straße, zeigte seine lange weißliche Gestalt mit Haaren auf Brust und Schamhügel keine Regung, während Doña Lukrezia sich die Slipper abstreifte und an seine Seite schlüpfte, ohne ihn zu berühren. Ob ihr Mann schon schlief?

»Wo warst du?« hörte sie ihn murmeln, mit der gedehnten, trägen Stimme des Mannes, der aus prickelnder Erwartung heraus spricht, eine Stimme, die sie so gut kannte. »Warum hast du mich verlassen, mein Herz?«

»Ich war bei Fonchito, um ihm einen Kuß zu geben. Er hat mir einen Geburtstagsbrief geschrieben, das kannst du dir nicht vorstellen. Fast hätte ich geweint, so liebevoll ist er.«

Sie erriet, daß er sie kaum hörte. Sie spürte, wie die rechte Hand Don Rigobertos ihren Oberschenkel streifte. Er glühte wie eine kochendheiße Kompresse. Seine Finger wühlten ungeschickt in den vielen Falten ihres Nachthemdes. ›Er wird merken, daß ich ganz naß bin‹, dachte sie verlegen. Es war ein flüchtiges Unbehagen, denn die gleiche heftige Welle, die sie plötzlich auf der Treppe erfaßt hatte, kehrte in den Körper zurück und stellte alle ihre Härchen auf. Ihr war, als würden sich sämtliche Poren öffnen und begierig warten.

»Fonchito hat dich im Nachthemd gesehen?« phantasierte die Stimme ihres Ehemannes erhitzt. »Du hast den Kleinen bestimmt auf schlimme Gedanken gebracht. Heute nacht wird er womöglich seinen ersten erotischen Traum haben.«

Sie hörte ihn lachen, erregt, und fiel in sein Lachen ein. »Was sagst du da, Dummkopf.« Gleichzeitig tat sie, als wollte sie ihn schlagen, und ließ die linke Hand auf Don Rigobertos Bauch niederfallen. Aber

was sie berührte, war ein menschlicher Schaft, steil aufgerichtet und pochend.
»Was ist denn das? Was ist denn das?« rief Doña Lukrezia aus, während sie ihn drückte, langzog, losließ und wieder faßte. »Sieh mal, was ich gefunden habe, na, das ist vielleicht eine Überraschung.«
Don Rigoberto hatte sie schon auf sich gezogen und küßte sie genußvoll, sog an ihren Lippen, öffnete sie. Lange Zeit, während sie mit geschlossenen Augen spürte, wie die Zungenspitze ihres Mannes die Höhlung ihres Mundes erkundete, über das Zahnfleisch und den Gaumen glitt, hartnäckig bemüht, alles zu kosten und zu kennen, war Doña Lukrezia in selige Betäubung versunken. Es war ein Gefühl von pulsierender Dichte, das ihre Glieder mürbe zu machen und aufzulösen schien und sie schwerelos dahintreiben, untergehen, taumeln ließ. Am Grunde des lustvollen Wirbels, in dem sie und das Leben versanken, zeichnete sich wie ein rasch aufscheinendes und wieder verschwindendes Bild in einem halbblinden Spiegel als ungebetener Dritter das kleine Gesicht eines rotblonden Engels ab. Ihr Mann hatte ihr das Nachthemd hochgeschoben und liebkoste ihre Hinterbacken in einer kreisförmigen, methodischen Bewegung, während er ihre Brüste küßte. Sie hörte ihn murmeln, daß er sie liebe, hörte ihn zärtlich flüstern, mit ihr erst habe das wahre Leben für ihn begonnen. Doña Lukrezia küßte ihn auf den Hals und knab-

berte an seinen kleinen Brustwarzen, bis sie ihn stöhnen hörte; dann leckte sie langsam jene Höhlen, die ihm so lustvolle Gefühle bereiteten und die er vor dem Schlafengehen sorgsam für sie gewaschen und parfümiert hatte: die Achseln. Sie hörte ihn schnurren wie einen zärtlichen Kater, während er sich unter ihrem Körper wand. Hastig, in beinahe wütender Erregung, schoben seine Hände Doña Lukrezias Beine auseinander. Dann setzte er sie rittlings auf sich, rückte sie zurecht, öffnete sie. Doña Lukrezia stöhnte, klagend und lustvoll, während ihr in einem undeutlichen Wirbel ein Bild des von Pfeilen durchbohrten, gekreuzigten und gepfählten heiligen Sebastian durch den Kopf schoß. Ihr war, als stoße man ihr mitten ins Herz. Nun hielt sie sich nicht mehr zurück. Die Augen halb geschlossen, die Hände hinter dem Kopf, die Brüste nach vorne geneigt, ritt sie auf dieser Folterbank der Liebe, die in ihrem Rhythmus mitschwang, und stammelte Worte, die sie kaum artikulieren konnte, bis sie spürte, daß sie verging.

»Wer bin ich?« erkundigte sie sich, blind. »Wer, hast du gesagt, bin ich gewesen?«

»Die Gattin des Königs von Lydien, mein Liebling«, brach es aus Don Rigoberto hervor, der schon in seinem Traum verloren war.

2. Kandaules, König von Lydien

Ich bin Kandaules, König von Lydien. Mein kleines Land liegt zwischen Ionien und Karien, im Herzen jenes Gebietes, das Jahrhunderte später einmal Türkei heißen wird. Was mich in meinem Reich mit größtem Stolz erfüllt, sind nicht seine von der Dürre zerklüfteten Berge oder seine Ziegenhirten, die sich, wenn nötig, siegreich den phrygischen und äolischen Invasoren, den aus Asien kommenden Doriern, den Horden der Phönizier und Lakedämonier und den skythischen Nomaden entgegenstellen, die unsere Grenzen plündern: es ist die Kruppe von Lukrezia, meiner Frau.

Ich wiederhole es noch einmal: Kruppe. Nicht Hintern, nicht Arsch, nicht Gesäß, nicht Hinterbacken, sondern Kruppe. Denn wenn ich sie reite, ergreift mich das Gefühl, eine muskulöse, samtweiche Stute unter mir zu haben, nichts als Nervigkeit und Willfährigkeit. Es ist eine feste Kruppe und vielleicht wirklich so gewaltig, wie die Legenden behaupten, die über sie im Reich kursieren und die Phantasie meiner Untertanen entzünden. (Sie gelangen mir alle zu Ohren, aber sie erzürnen mich nicht, sie schmeicheln mir.) Wenn ich ihr befehle, niederzuknien und mit ihrer Stirn den Teppich zu küssen, so daß ich sie in aller Ruhe betrachten kann, gewinnt der kostbare Gegenstand seine betörendsten Ausmaße. Jede Halbkugel ist ein fleischliches Paradies; beide zusammen, getrennt durch eine zarte, mit kaum wahrnehmbarem Flaum bedeckte Spalte, die sich in der berückenden Weiße, Schwärze und Seidigkeit des Dickichts verliert, das die festen Säulen der Oberschenkel krönt, lassen mich an einen Altar jener barbarischen Religion der Babylonier denken, die von uns vernichtet wurde. Fest bietet sie sich den Händen dar und weich den Lippen; weit für die Umarmung und warm in den kalten Nächten, ein sanftes Kissen, um den Kopf darauf zu betten, und eine Quelle der Lust, wenn die Zeit für den Liebesansturm kommt. In sie einzudringen ist nicht einfach; eher schmerzhaft zu Beginn und sogar heldenhaft ob des Widerstands, den dieses rosige Fleisch dem männlichen Angriff entgegensetzt. Ein zäher Wille und eine tiefe, hartnäckige Rute, die, wie die meinen, vor nichts und niemandem zurückschrecken, tun daher not.

Als ich Gyges, dem Sohn des Daschylos, meinem Wächter und Minister, sagte, ich sei stolzer auf die Heldentaten, die meine Rute mit Lukrezia auf dem prächtigen, segelgeschmückten Schiff unseres Ruhelagers vollbringe, als auf meine Ruhmestaten im Schlachtfeld oder auf die Ausgewogenheit meiner Rechtsprechung, quittierte er mit einem lauten Lachen, was er für einen Scherz hielt. Aber es war kein Scherz: ich bin es. Ich bezweifle, daß viele Einwohner Lydiens sich mit mir messen können. Eines Abends – ich war betrunken – rief ich zu meiner bloßen Bestätigung den bestgerüsteten der äthiopischen

Sklaven, Atlas, in mein Gemach, hieß Lukrezia sich vor ihm niederbeugen und befahl ihm, sie zu besteigen. Es gelang ihm nicht, weil meine Gegenwart ihn verzagen ließ oder weil die Herausforderung seine Kräfte überstieg. Ein ums andere Mal sah ich ihn entschlossen vorrücken, stoßen, keuchen und geschlagen zurückweichen. (Da Lukrezia dieses Geschehen quälend in Erinnerung blieb, ließ ich Atlas später köpfen.)

Denn soviel ist gewiß: ich liebe die Königin. Alles an meiner Gattin ist sanft und zart, ganz im Gegensatz zur strotzenden Herrlichkeit ihrer Kruppe: ihre Hände und ihre Füße, ihre Taille und ihr Mund. Sie hat eine Stupsnase und schmachtende Augen, geheimnisvoll stille Wasser, die nur Lust und Zorn in Wallung bringen. Ich habe Lukrezia studiert, wie die Gelehrten die alten Folianten des Tempels studieren, und obwohl ich glaube, sie auswendig zu kennen, entdecke ich jeden Tag – oder vielmehr jede Nacht – etwas Neues an ihr, das mich rührt: die sanfte Linie der Schultern, das vorwitzige Knöchelchen des Ellenbogens, die Feinheit des Ristes, die Rundheit ihres Knies und die blaue Durchsichtigkeit des Wäldchens ihrer Achselhöhlen.

Nicht wenige werden ihrer rechtmäßigen Ehefrau sehr bald überdrüssig. Die Routine des Ehelebens töte das Begehren, philosophieren sie, keine freudige Erwartung könne auf die Dauer die Adern eines

Mannes in Aufruhr bringen, der monate- und jahrelang mit derselben Frau zu Bette liegt. Ich aber werde Lukrezias, meiner Frau, nicht müde, trotz der Zeit, die seit unserer Vermählung vergangen ist. Nie hat sie mich gelangweilt. Wenn ich auf die Tiger- und Elefantenjagd gehe oder in den Krieg ziehe, dann läßt die Erinnerung an sie mein Herz schneller schlagen, so wie am ersten Tag, und wenn ich eine Sklavin oder eine namenlose Frau liebkose, um mir die einsamen Nächte im Feldzelt zu vertreiben, dann spüren meine Hände stets eine herzzerreißende Enttäuschung: sie finden nur Hintern, Gesäße, Hinterbakken, Ärsche. Sie allein – ach, Geliebte! – besitzt eine Kruppe. Deshalb bin ich ihr im Herzen treu; deshalb liebe ich sie. Deshalb verfasse ich Gedichte für sie, die ich ihr ins Ohr sage, und werfe mich, allein mit ihr, auf den Boden und küsse ihre Füße. Deshalb habe ich ihre Schatullen mit Juwelen und Edelsteinen besetzt und in sämtlichen Erdenwinkeln all die Schuhe und Gewänder, all den Zierat für sie in Auftrag gegeben, die zu tragen ihre Tage nicht ausreichen werden. Deshalb pflege und verehre ich sie wie den auserlesensten Besitz meines Reiches. Ohne Lukrezia wäre mir das Leben Tod.

Die wirkliche Geschichte dessen, was mit Gyges, meinem Wächter und Minister, geschah, hat wenig zu tun mit dem Gerede über das Geschehen. Keine der Versionen, die zu mir gedrungen sind, kommt der Wahrheit auch nur im entferntesten nahe. So verhält es sich immer: obwohl Phantasie und Wirklichkeit ein und dasselbe Herz besitzen, sind ihre Gesichter wie Tag und Nacht, wie Feuer und Wasser. Es war keine Wette oder irgendein Tauschhandel im Spiel; alles geschah unvermittelt, durch eine plötzliche Anwandlung meinerseits, ein Werk des Zufalls oder die Intrige eines jungen verspielten Gottes.

Wir hatten einer endlosen Zeremonie auf dem freien Feld in der Nähe des Palastes beigewohnt, wo die Vasallenstämme, die gekommen waren, mir ihren Tribut zu leisten, unsere Ohren mit ihren wilden Gesängen betäubten und unsere Augen mit dem Staub trübten, den die akrobatischen Vorführungen ihrer Reiter aufwirbelten. Wir sahen auch zwei jener Zauberer, die Krankheiten mit der Asche toter Tiere heilen, und einen Heiligen, der seine Gebete sprach, während er sich auf den Fersen drehte. Er war beeindruckend: getrieben von der Kraft seines Glaubens und von den Atemübungen, die seinen Tanz begleiteten – ein rauhes, immer stärker werdendes Gekeuche, das aus seinen Eingeweiden zu kommen schien –, verwandelte er sich in einen menschlichen Wirbel, und in einem bestimmten Augenblick entzog er sich ob seiner Geschwindigkeit unseren Blicken. Als er erneut Gestalt annahm und innehielt, war er schweißgebadet, wie Pferde nach einer schweren Fuhre, und zeigte die bestürzte Blässe und die betäubten Augen dessen, der einen oder mehrere Götter gesehen hat.

Von den Zauberern und dem Heiligen hatten wir gerade gesprochen, mein Minister und ich, während wir ein Glas griechischen Weines kosteten, als der gute Gyges mit jenem maliziösen Funkeln, das der Trank in seinen Augen entzündet, plötzlich die Stimme senkte und mir zuflüsterte:

»Die Ägypterin, die ich gekauft habe, hat den schönsten Hintern, den die Vorsehung einer Frau je geschenkt hat. Das Gesicht ist unvollkommen; die Brüste sind klein, und sie schwitzt übermäßig; aber die rassige Fülle ihres Gesäßes wiegt all ihre Mängel reichlich auf. Die bloße Erinnerung daran macht mich schwindeln, Majestät.«

»Zeig ihn mir, und ich zeig dir einen anderen. Dann vergleichen wir und entscheiden, welcher der schönere ist, Gyges.«

Ich sah, daß er leicht aus der Fassung geriet, blinzelte und die Lippen öffnete, aber nichts sagte. Glaubte er, ich scherzte? Fürchtete er, nicht richtig gehört zu haben? Denn mein Wächter und Minister wußte sehr genau, von wem wir sprachen. Ich hatte diesen Vorschlag geäußert, ohne zu überlegen; nun aber begann ein süßer kleiner Wurm an meinem Gehirn zu nagen und mich mit unruhiger Erwartung zu erfüllen.

»Du bist stumm geblieben, Gyges. Was hast du?«

»Ich weiß nicht, was ich sagen soll, Herr. Ich bin verwirrt.«
»Das sehe ich. Also, antworte mir. Nimmst du mein Angebot an?«
»Euer Majestät wissen, daß Ihre Wünsche die meinen sind.«
So nahm die Sache ihren Anfang. Zunächst begaben wir uns zu seiner Residenz; am Ende des Gartens, wo sich die Dampfbäder befinden, wo wir schwitzten und man uns mit Massagen unsere Glieder verjüngte, betrachtete ich prüfenden Auges die Ägypterin. Eine sehr große Frau, das Gesicht von jenen Narben entstellt, mit denen die Menschen ihres Volkes die geschlechtsreifen Mädchen ihrem blutigen Gott zu weihen pflegen. Sie hatte ihre Jugend schon hinter sich. Aber sie war interessant und attraktiv, das gebe ich zu. Ihre ebenholzfarbene Haut glänzte zwischen den Dampfwolken, als wäre sie mit Lack überzogen, und jede ihrer Bewegungen und Haltungen kündete von außergewöhnlichem Stolz. Von ihr ging nicht die geringste Spur jener abscheulichen, bei Sklaven so häufigen Unterwürfigkeit aus, mit der sie die Gunst ihres Herrn zu gewinnen suchen, sondern eher eine elegante Kälte. Sie verstand unsere Sprache nicht, aber sie begriff sofort die Anweisungen, die ihr Herr ihr durch Gesten erteilte. Als Gyges ihr zu verstehen gab, was wir sehen wollten, hüllte sie uns beide einige Sekunden lang in ihren seidigen, ver-

ächtlichen Blick, wandte sich dann um, beugte sich und hob mit beiden Händen ihre Tunika hoch, um uns ihre Hinterwelt darzubieten. Sie war beeindrukkend, in der Tat, und grenzte an ein Wunder für jemanden, der nicht der Ehemann von Lukrezia war, der Königin. Fest und kugelrund, fürwahr, mit sanften Rundungen und einer haarlosen, körnigen, bläulich schimmernden Haut, über die der Blick hinweggleiten konnte wie über das Meer. Ich beglückwünschte sie und beglückwünschte auch meinen Wächter und Minister zum Besitz einer so süßen Köstlichkeit.

Damit ich meinen Teil des Versprechens erfüllen konnte, mußten wir mit allergrößter Diskretion zu Werke gehen. Jene Episode mit Atlas, dem Sklaven, war zutiefst schockierend gewesen für meine Frau, das habe ich bereits gesagt; Lukrezia hatte sich dazu hergegeben, weil sie sich allen meinen Launen fügt. Aber als ich sah, wie sehr sie sich schämte, während Atlas und sie vergeblich das Phantasiestück aufzuführen suchten, das ich mir ausgedacht hatte, schwor ich mir selbst, daß ich sie niemals wieder einer derartigen Prüfung unterziehen würde. Heute noch, nachdem soviel Zeit verstrichen ist seit jenem launigen Einfall und da von dem armen Atlas in der von Geiern und Falken wimmelnden, stinkenden Schlucht, in die man seine Überreste geworfen hat, nur noch die abgenagten Knochen übrig sein dürften, wacht die Königin bisweilen nächtens auf und zittert vor Angst in meinen Armen, weil im Traum die Schattengestalt des Äthiopiers sie abermals bestürmt hat.

Dieses Mal schritt ich daher zur Tat, ohne daß meine Geliebte darum wußte. Zumindest entsprach dies meiner Absicht, obwohl mir, wenn ich es recht bedenke, wenn ich die Winkel meines Gedächtnisses nach dem Geschehen jener Nacht ausforsche, bisweilen Zweifel daran kommen.

Ich ließ Gyges durch die kleine Gartenpforte ein und führte ihn in das Gemach, während die Zofen Lukrezia entkleideten, sie parfümierten und mit jenen Essenzen salbten, die ich an ihrem Körper gerne rieche und schmecke. Ich wies meinen Minister an, sich hinter dem Vorhang des Balkons zu verbergen und sich nach Möglichkeit weder zu bewegen noch das geringste Geräusch zu machen. Aus diesem Winkel hatte er einen vollkommenen Blick auf das prachtvolle Bett mit den geschnitzten Säulen, den Treppenstufen, den Vorhängen aus rotem Atlas und den zahlreichen Kissen, Seidenstoffen und kostbaren Stickereien, auf dem die Königin und ich jede Nacht unsere Liebesgefechte austragen. Ich löschte alle Lichter, so daß der Raum von den knisternden Zungen der Feuerstelle nur noch schwach erhellt wurde.

Bald darauf trat Lukrezia herein, wie schwerelos in

einer luftigen, halb durchsichtigen Tunika aus weißer Seide mit filigranem Stickwerk an Ärmelaufschlägen, Hals und Saum. Sie trug eine Perlenkette, ein Haarnetz, und ihre Füße steckten in hochhackigen Pantoffeln aus Holz und Filz.

So ließ ich sie eine gute Weile vor mir stehen, kostete sie mit den Augen und schenkte meinem guten Minister diesen Anblick, der für die Götter geschaffen war. Und während ich sie betrachtete und daran dachte, daß Gyges es mir gleichtat, ließ mich die maliziöse Komplizenschaft, die uns verband, plötzlich vor Verlangen brennen. Ohne etwas zu sagen, ging ich auf sie zu, drängte sie auf das Bett und bestieg sie. Während ich sie liebkoste, erschien vor meinen Augen Gyges' bärtiges Gesicht, und der Gedanke, daß er uns zusah, erhitzte mich noch mehr, gab meiner Lust eine süßherbe, scharfe Würze, die ich bislang nicht gekannt hatte. Und sie? Ahnte sie etwas? Wußte sie etwas? Denn ich glaube, nie zuvor hatte ich sie so feurig erlebt, nie zuvor so stürmisch im Geben und Nehmen, so kühn im Biß, im Kuß und in der Umarmung. Vielleicht spürte sie, daß wir, die wir in jener Nacht in dem von der roten Glut des Feuers und des Begehrens erfüllten Gemach unserer Lust frönten, nicht zwei, sondern drei waren.

Als ich mich im Morgengrauen, während Lukrezia schon im Schlaf lag, auf Zehenspitzen aus dem Bett stahl, um meinen Wächter und Minister zur Garten-

pforte zu führen, fand ich ihn zitternd vor Kälte und ungläubigem Staunen.
»Ihr hattet recht, Majestät«, stammelte er verzückt und bebend. »Ich habe ihn gesehen, und er ist so außergewöhnlich, daß ich es nicht glauben kann. Ich habe ihn gesehen, und noch immer ist mir, als hätte ich nur geträumt.«
»Vergiß das alles so rasch wie möglich und für alle Zeit, Gyges«, befahl ich ihm. »Ich habe dir dieses Privileg in einer seltsamen Anwandlung gewährt, ohne darüber nachzudenken, um der Achtung willen, die ich für dich empfinde. Aber hüte deine Zunge. Ich möchte nicht, daß diese Geschichte Tavernengeschwätz und Marktweiberklatsch wird. Ich könnte es bereuen, daß ich dich hierhergebracht habe.«
Er schwor mir, niemals ein Wort darüber verlauten zu lassen.
Aber er hat es getan. Wie anders könnte es so viele Gerüchte über das Geschehen geben? Die Versionen widersprechen sich, eine ist ungereimter und falscher als die andere. Sie gelangen bis zu uns, und obwohl sie uns anfänglich mit Zorn erfüllten, amüsieren sie uns jetzt. Sie gehören nun zu dem kleinen, gegen Süden gelegenen Reich in jenem Land, das man Jahrhunderte später Türkei nennen wird. Ebenso wie seine ausgedörrten Berge und seine bäuerlichen Untertanen, ebenso wie seine nomadischen Stämme,

seine Falken und seine Bären. Letztlich mißfällt mir die Vorstellung nicht, daß später einmal, wenn die Zeit vergangen ist und alles verschlungen hat, was heute um mich herum existiert, über den Wassern, in denen die Geschichte Lydiens Schiffbruch erlitt, rund und sonnengleich, üppig wie der Frühling, für die Generationen der Zukunft nur eines überdauert: die Kruppe Lukrezias, der Königin, meiner Frau.

3. Die Ohren des Mittwochs

›Sie sind wie die Muscheln, in deren perlmutternem Labyrinth die Musik des Meeres gefangen ist‹, phantasierte Don Rigoberto. Seine Ohren waren groß und schön gezeichnet; beide, wenn auch mehr das linke, tendierten dazu, sich am oberen Ende vom Kopf zu entfernen und sich nach vorne zu krümmen, entschlossen, sämtliche Geräusche der Welt für sich allein in Beschlag zu nehmen. Als Kind hatte er sich ihrer Größe und ihrer gebogenen Form geschämt, aber er hatte gelernt, sie zu akzeptieren. Und jetzt, da er einen Abend der Woche allein auf ihre Pflege verwandte, war er sogar stolz auf sie. Denn nach langem Experimentieren und Insistieren hatte er erreicht, daß diese ungefälligen Auswüchse – mit der Unternehmungslust des Mundes oder der Intensität des Tastsinns – an seinen Liebesnächten teilhatten. Auch Lukrezia liebte sie und überhäufte sie in der Intimität mit heiteren Schmeicheleien. In den Atempausen des ehelichen Gemenges pflegte sie sie »meine kleinen Jumbos« zu nennen.

›Offene Blüten, empfindliche Deckflügel, Auditorien der Musik und der Zwiegespräche‹, dichtete Don Rigoberto. Er examinierte sorgfältig mit der Lupe die knorpeligen Ränder seines linken Ohrs. Ja, da erschienen schon wieder die kleinen Spitzen der Härchen, die er am vergangenen Mittwoch ausgezupft hatte. Es waren ihrer drei, asymmetrisch, wie die Punkte, an denen sich die Seiten eines ungleichseitigen Dreiecks schneiden. Er dachte an das dunkle Büschelchen, in das sie sich verwandeln würden, wenn er sie wachsen ließe, wenn er davon absah, sie zu vernichten, und ein flüchtiges Gefühl von Übelkeit überkam ihn. Rasch, mit der Geschicktheit langer Übung, faßte er diese Haarspitzen mit den Enden der Pinzette und riß sie eine nach der anderen aus. Das kitzelige Ziehen beim Ausreißen verursachte ihm einen köstlichen Schauder. Er mußte daran denken, daß Doña Lukrezia ihm mit ihren weißen, ebenmäßigen Zähnen kniend die krausen Härchen des Schamhügels entwirrte. Der Gedanke bescherte ihm eine halbe Erektion. Er bannte sie sogleich, indem er sich eine stark behaarte Frau vorstellte, mit Ohren, aus denen schlaffe Haarbüschel hervorquollen, und einem kräftigen Flaumbart, in dessen Halbdunkel zitternde Schweißtropfen hingen. In diesem Augenblick erinnerte er sich, daß ein Kollege aus der Versicherungsabteilung ihm bei seiner Rückkehr von einer Urlaubsreise in die Karibik erzählt hatte, daß die unbestrittene Königin eines Bordells in Santo Domingo eine urwüchsige Mulattin gewesen sei, die zwischen ihren Brüsten ein unverhofftes Haarbüschel zur Schau trug. Er versuchte, sich Lukrezia mit einem derartigen Attribut – einer seidigen Mähne! – zwischen ihren elfenbeinernen Brüsten vorzustellen, und spürte Entsetzen. ›Ich bin voller Vorurteile in Liebesdingen‹, gestand er sich ein. Aber einstweilen hatte er nicht die Absicht, auch nur auf eines davon zu verzichten. Haare waren gut, sie bildeten einen mächtigen sexuellen Anreiz, vorausgesetzt, sie befanden sich an der richtigen Stelle. Auf dem Kopf und auf dem Venushügel: willkommen und unverzichtbar; in den Achselhöhlen: gelegentlich hinzunehmen, um einmal alles auszuprobieren und zu erkunden (das war offenbar eine europäische Obsession), an Armen und Beinen jedoch keinesfalls und zwischen den Brüsten: niemals!

Er schritt zur Prüfung seines linken Ohrs, wobei er die konvexen Spiegel zu Hilfe nahm, die er zum Rasieren benutzte. Nein, in keinem der Winkel, Vorsprünge und Krümmungen der Ohrmuschel waren neue Härchen gesprossen, außer diesen drei Musketieren, deren Vorhandensein er vor einigen Jahren eines schönen Tages überrascht entdeckt hatte.

›Heute nacht werde ich nicht lieben, sondern die Liebe hören‹, beschloß er. Das war möglich, er hatte es andere Male schon zuwege gebracht, und auch Lukrezia fand ihren Spaß daran, zumindest als einleitendes Vorspiel. »Laß mich deine Brüste hören«, würde er raunen. Er würde zunächst die eine, dann die andere Brustwarze seiner Frau liebevoll in die überempfindliche Grotte seiner Ohren betten – sie paßten ineinander wie ein Fuß in einen Mokassin – und ihnen mit geschlossenen Augen lauschen, ehrfurchtsvoll und ekstatisch, konzentriert wie bei der Wandlung, bis er hörte, daß in die erdfarbene Rauheit jeder Knospe aus unterirdischen fleischlichen Tiefen gewisse erstickte Kadenzen emporstiegen, vielleicht der Atem ihrer aufgehenden Poren, vielleicht die Hitze ihres von der Erregung in Wallung geratenen Blutes.

Jetzt entfernte er die haarigen Abscheulichkeiten seines rechten Ohrs. Plötzlich entdeckte er einen Fremdling: das einsame Härchen hielt sich schmachvoll in der Mitte des wohlgeformten Ohrläppchens. Er riß es mit einem leichten Ruck heraus, und bevor er es ins Waschbecken warf, damit das Wasser der Rohrleitung es fortspülte, examinierte er es mit Verdruß. Würden in den kommenden Jahren immer wieder neue Haare in seinen großen Ohren wachsen? Auf jeden Fall würde er niemals aufgeben; noch auf seinem Totenbett würde er sie weiter vernichten (oder vielmehr beschneiden?), wenn ihm Kräfte blieben. Später jedoch, wenn sein Körper ohne Leben wäre, könnten diese ungebetenen Gäste nach Lust und Laune sprießen, wachsen, seinen Leichnam entstellen. Das gleiche würde mit seinen Nägeln geschehen. Don Rigoberto sagte sich, daß diese deprimierende Aussicht ein unwiderlegbares Argument für die Feuerbestattung sei. Ja, das Feuer würde die postume Unvollkommenheit verhindern. Die Flammen würden ihn im Zustand der Vollkommenheit

verzehren und den Würmern ein Schnippchen schlagen. Dieser Gedanke erleichterte ihn.
Während er kleine Wattekügelchen um die Spitze der Haarnadel rollte und sie mit Seifenwasser befeuchtete, um das Innere des Ohrs von dem angesammelten Schmalz zu säubern, stellte er sich vor, was diese sauberen Trichter in wenigen Augenblicken zu hören bekämen, wenn sie von den Brüsten zum Bauchnabel seiner Frau hinabwanderten. Dort müßten sie sich nicht anstrengen, um Lukrezias heimliche Musik zu erhaschen, denn eine wahre Symphonie aus flüssigen und festen, langen und kurzen, undeutlichen und deutlichen Tönen würde ihm ihr untergründiges Leben offenbaren. Dankbar stellte er sich vor, mit welcher Rührung er durch die Organe, in denen er jetzt mit gewissenhafter Sorge herumstocherte, um sie von dem Fettfilm zu befreien, der sich in gewissen Zeitabständen in ihnen bildete, etwas von der verborgenen Existenz ihres Körpers wahrnehmen würde: Drüsen, Muskeln, Blutgefäße, Follikel, Membrane, Gewebe, Fasern, Röhren, Eileiter, diese ganze reiche und zarte biologische Orographie, die unter der glatten Haut von Lukrezias Bauch ruhte. ›Ich liebe alles an ihr, egal ob innen oder außen‹, dachte er. ›Denn alles an ihr ist erogen oder kann erogen sein.‹
Er übertrieb nicht, ihn trug die Zärtlichkeit, die immer in ihm aufstieg, wenn Lukrezia in seine Phanta-

sien einbrach. Nein, überhaupt nicht. Denn dank seiner nicht nachlassenden Hartnäckigkeit hatte er es geschafft, sich in das Ganze und in jeden einzelnen Teil seiner Frau zu verlieben, getrennt und als Gesamtheit alle Elemente dieses Zellenuniversums zu lieben. Er wußte, daß er fähig war, erotisch, nämlich mit einer raschen und kräftigen Erektion, auf den Reiz jedes seiner unzähligen Bestandteile zu reagieren, selbst auf den kleinsten, selbst auf den – für den gewöhnlichen Sterblichen – unvorstellbarsten und abstoßendsten. ›Hier ruht Don Rigoberto, der das Epigastrium seiner Frau ebenso liebte wie ihre Vulva oder ihre Zunge – das wäre ein rechtes Epitaph für den Marmor seines Grabes‹, philosophierte er. Würde dieser Grabspruch lügen? Nicht im mindesten. Er dachte daran, wie er sich in wenigen Augenblicken an den gedämpften, flüssigen Verlagerungen begeistern würde, die seine Ohren erhaschten, wenn sie sich begierig auf ihren weichen Magen drückten, und er hörte schon jetzt das anmutige Kollern dieser Blähungen, den fröhlich krachenden kleinen Furz, das Gurgeln und Gähnen der Vagina oder das matte Rekeln ihrer Eingeweideschlange. Und er hörte sich schon, blind vor Liebe und Wollust, die Sätze flüstern, mit denen er seiner Frau zu huldigen pflegte, während er sie liebkoste: »Auch diese kleinen Geräusche, das bist du, Lukrezia. Sie sind dein Konzert, deine akustische Person.« Er war sicher, daß er sie sofort wiedererkennen, sie von den Tönen jedes anderen Frauenleibes unterscheiden könnte. Eine Vermutung, die sich freilich nicht überprüfen ließ, denn niemals würde er die Erfahrung suchen, mit einer anderen Liebe zu hören. Wozu sollte er es tun? War Lukrezia denn nicht ein unendlich tiefer Ozean, den er, der liebende Taucher, niemals ganz ergründen würde? »Ich liebe dich«, murmelte er und spürte abermals den Beginn einer Erektion. Er bannte sie mit einer Kopfnuß, die ihn nicht nur zusammenknicken, sondern auch in lautes Lachen ausbrechen ließ. »Wer allein lacht, lacht über seine bösen Taten!« hörte er die mahnende Stimme seiner Frau vom Schlafzimmer her. Ach, wenn Lukrezia wüßte, worüber er lachte.

Ihre Stimme zu hören, ihre Nähe und Existenz bestätigt zu wissen, machte ihn überglücklich. ›Das Glück existiert‹, wiederholte er sich, wie jeden Abend. Ja, aber man mußte es dort suchen, wo es möglich war. Im eigenen Körper und in dem der Geliebten, zum Beispiel; allein und im Bad; Stunden oder Minuten und auf einem Bett, das man mit dem so sehr begehrten Wesen teilte. Denn das Glück war zeitlich, individuell, in Ausnahmefällen dual, höchst selten dreigeteilt und niemals kollektiv, gemeinschaftlich. Es verbarg sich, gleich einer Perle in ihrer Seemuschel, in gewissen Riten oder zeremoniösen Verrichtungen, die dem Menschen eine blitzhafte

Illusion von Vollkommenheit vorgaukelten. Man mußte sich mit diesen Brosamen begnügen, um nicht unruhig und verzweifelt zu leben und dem Unmöglichen hinterherzujagen. ›Das Glück verbirgt sich in der Höhlung meiner Ohren‹, dachte er gutgelaunt.
Er war fertig mit der Reinigung der Gehörgänge beider Ohren und hatte jetzt die feuchten Wattekügelchen vor sich, getränkt mit der gelben, fettigen Substanz, die er aus ihnen herausgeholt hatte. Jetzt mußte er sie noch trocknen, damit jene Wassertropfen nicht irgendeinen Schmutz in ihnen kristallisierten, bevor sie verdunsteten. Noch einmal rollte er zwei Wattekügelchen um die Haarnadel und rieb sich die Gehörgänge so sanft, daß es schien, er massierte oder liebkoste sie. Dann warf er die Kügelchen in die Toilette und zog ab. Er säuberte die Haarnadel und verwahrte sie in dem Aloeholzkästchen seiner Frau.
Er nahm eine letzte Inspektion seiner Ohren im Spiegel vor. Er fühlte sich zufrieden und tatkräftig. Da waren sie, diese knorpeligen Kegel, außen und innen sauber, bereit, sich zu neigen und respektvoll und hemmungslos dem Körper der Geliebten zu lauschen.

4. Augen wie Leuchtkäfer

›Vierzig Jahre alt zu werden ist also gar nicht so schlimm‹, dachte Doña Lukrezia, während sie sich in dem dunklen Zimmer rekelte. Sie fühlte sich jung, schön und glücklich. Das Glück existierte also? Rigoberto behauptete das, »für die Dauer einiger Augenblicke und für uns zwei«. Es war demnach kein leeres Wort, ein Zustand, den nur Einfaltspinsel erreichten? Ihr Mann liebte sie, er bewies es ihr tagtäglich durch tausend zartfühlende Kleinigkeiten, und fast jede Nacht erbat er mit jugendlichem Feuer ihre Gunst. Auch er schien sich verjüngt zu haben, seit sie vor vier Monaten beschlossen hatten zu heiraten. Die Befürchtungen, die sie so lange Zeit an diesem Schritt gehindert hatten – ihre erste Ehe war eine Katastrophe gewesen und die Scheidung ein alptraumhafter Todeskampf geldgieriger Winkeladvokaten –, gehörten der Vergangenheit an. Gleich im ersten Augenblick hatte sie ihr neues Heim mit sicherer Hand in Besitz genommen. Als erstes hatte sie sämtliche Zimmer anders eingerichtet, damit nichts an die verstorbene Frau Don Rigobertos erinnerte, und jetzt regierte sie dieses Haus mit einer Selbstverständlichkeit, als wäre sie seit jeher die Hausherrin gewesen. Nur die vorherige Köchin war ihr mit einer gewissen Feindseligkeit begegnet, und sie mußte sie ersetzen. Die anderen Hausangestellten vertrugen sich sehr gut mit ihr. Vor allem Justiniana, die, von Doña Lukrezia zur Zofe befördert, sich als wahre Perle er-

wies: tüchtig, aufgeweckt, peinlich sauber und von bewährter Ergebenheit.
Ihr größter Erfolg war jedoch die Beziehung zu dem Kind, einst ihre größte Besorgnis, ein unüberwindliches Hindernis, wie sie geglaubt hatte. ›Ein Stiefsohn‹, hatte sie gedacht, als Rigoberto darauf bestand, ihrer gleichsam heimlichen Liebe ein Ende zu machen und endlich zu heiraten. ›Das wird niemals gutgehen. Dieses Kind wird dich immer hassen, es wird dir das Leben zur Hölle machen, und früher oder später wirst du es ebenfalls hassen. Wann ist je ein Paar glücklich geworden mit fremden Kindern?‹ Nichts dergleichen war geschehen. Alfonsito betete sie an. Ja, das war das richtige Wort. Vielleicht sogar zu sehr. Doña Lukrezia rekelte sich wieder unter den lauen Laken, streckte sich und rollte sich zusammen wie eine träge Schlange. War er nicht ihretwegen Klassenbester geworden? Sie erinnerte sich an sein kleines rosiges Gesicht, an den Triumph in seinen himmelblauen Augen, als er ihr das Notenheft gereicht hatte:
»Hier ist dein Geburtstagsgeschenk, Stiefmutter. Darf ich dir einen Kuß geben?«
»Aber natürlich, Fonchito. Du darfst mir zehn geben.«
Die ganze Zeit wollte er sie küssen und von ihr geküßt werden, mit einem Überschwang, der sie bisweilen argwöhnisch machte. Liebte das Kind sie

wirklich so sehr? Ja, sie hatte es gewonnen durch die Geschenke und Verhätschelungen, mit denen sie es seit ihrem Eintritt in dieses Haus überhäufte. Oder war es vielleicht so, wie Rigoberto phantasierte, um sein nächtliches Verlangen zu schüren, daß Alfonsito langsam zum sexuellen Leben erwachte und die Umstände ihr die Rolle der Anregerin zugedacht hatten? »Was für ein Unsinn, Rigoberto. Er ist doch noch so klein, er hat gerade seine Erstkommunion hinter sich. Was für absurde Ideen du doch manchmal hast.«

Aber wenn sie allein war wie jetzt, fragte sich Doña Lukrezia – obwohl sie es niemals offen und am allerwenigsten vor ihrem Mann zugegeben hätte –, ob das Kind nicht tatsächlich dabei war, das Begehren, die keimende Poesie des Körpers zu entdecken, und sie als Stimulans benutzte. Alfonsitos Gebaren irritierte sie, es schien so unschuldig und zweideutig zugleich. In diesem Augenblick erinnerte sie sich – es war eine Begebenheit aus ihrer Jugendzeit, die sie nie vergessen hatte – an das zufällige Muster, das die grazilen Füße einer Möwe vor ihren Augen in den Sand des Regatta-Klubs gezeichnet hatten; sie war näher getreten, um es zu betrachten, in der Erwartung, eine abstrakte Form vorzufinden, ein Labyrinth aus geraden und krummen Linien, und was sie erblickte, wirkte auf sie eher wie ein krummer Phallus! War Fonchito sich bewußt, daß er, wenn er ihr die Arme

um den Hals schlang, wie er es tat, wenn er sie auf diese hingebungsvolle Weise küßte und ihre Lippen suchte, die Grenzen des Zulässigen überschritt? Wer sollte das wissen. Das Kind hatte einen so freimütigen und sanften Blick, daß Doña Lukrezia unmöglich glauben konnte, das kleine rotblonde Köpfchen dieses Engels, der bei den lebenden Krippen der Santa-Maria-Schule als kleiner Hirte posierte, könne schmutzige, schlüpfrige Gedanken beherbergen.
»Schmutzige Gedanken«, flüsterte sie, den Mund an das Kissen gepreßt, »schlüpfrige Gedanken. Hahaha!« Sie fühlte sich gutgelaunt, und eine köstliche, milde Wärme durchströmte ihre Adern, als hätte ihr Blut sich in lauen Wein gewandelt. Nein, Fonchito konnte nicht ahnen, daß das ein Spiel mit dem Feuer war, diese überströmenden Gefühle gab ihm gewiß ein dunkler Instinkt ein, ein unbewußter Tropismus. Aber deshalb waren diese Spiele nicht weniger gefährlich, nicht wahr, Lukrezia? Denn wenn er so klein vor ihr auf dem Boden kniete und sie betrachtete, als wäre seine Stiefmutter soeben aus dem Paradies herabgestiegen, oder wenn seine kleinen Arme und sein zerbrechlicher Körper sich an sie schmiegten und seine schmalen, fast unsichtbaren Lippen auf ihren Wangen lagen und ihren Mund streiften – sie hatte sie niemals länger als eine Sekunde dort verweilen lassen –, dann konnte Doña Lukrezia bisweilen nicht verhindern, daß Erregung in ihr aufwallte, ein Anflug von Verlan-

gen sie erfaßte. »Du bist die mit den schmutzigen und schlüpfrigen Gedanken, Lukrezia«, murmelte sie, gegen die Matratze gepreßt, ohne die Augen zu öffnen. Würde sie eines Tages eine lüsterne Alte werden wie einige ihrer Bridge-Partnerinnen? War dies vielleicht der Mittagsdämon? Beruhige dich, denk daran, daß du jetzt zwei Tage lang Strohwitwe bist – Rigoberto war in Versicherungsangelegenheiten auf Geschäftsreise und würde erst am Sonntag zurückkehren –, und außerdem: genug im Bett geaalt. Steh auf, du Faulenzerin. Mit einer kleinen Anstrengung schüttelte sie die angenehme Schläfrigkeit ab, schaltete die Gegensprechanlage ein und wies Justiniana an, ihr das Frühstück heraufzubringen.

Fünf Minuten später trat das Mädchen mit dem Tablett, der Post und den Zeitungen ins Zimmer. Sie zog die Vorhänge auf, und das feuchte, trübselige und graue Septemberlicht Limas drang in den Raum. ›Wie häßlich der Winter ist‹, dachte Doña Lukrezia. Sie träumte schon von der Sonne des Sommers, den glühendheißen Sandstränden von Paracas und der salzigen Liebkosung des Meeres auf ihrer Haut. Bis dahin war noch so lange hin! Justiniana setzte ihr das Tablett auf die Knie und rückte ihr die Kopfkissen zurecht, damit sie sich anlehnen konnte. Sie war braunhäutig und schlank, hatte krauses Haar, lebhafte Augen und eine musikalische Stimme.

»Da ist was, aber ich weiß nicht, ob ich es Ihnen

sagen soll, Señora«, flüsterte sie mit tragikomischer Miene, während sie ihr den Morgenmantel reichte und die Pantoffeln vor das Bett stellte.

»Jetzt hast du mich neugierig gemacht, jetzt mußt du es mir sagen«, erwiderte Doña Lukrezia, während sie in eine Scheibe Toastbrot biß und einen Schluck Tee nahm. »Was ist passiert?«

»Ich schäme mich, Señora.«

Doña Lukrezia betrachtete sie amüsiert. Sie war jung, und unter der blauen Schürze der Uniform zeichneten sich frisch und elastisch die Formen ihres kleinen Körpers ab. Was für ein Gesicht sie wohl machte, wenn ihr Mann mit ihr schlief? Sie war mit dem Pförtner eines Restaurants verheiratet, einem großen, athletischen Neger, der sie jeden Morgen zur Arbeit begleitete. Doña Lukrezia hatte ihr geraten, sich in ihrem jungen Alter das Leben nicht durch Kinder zu komplizieren, und sie persönlich zu ihrem Arzt gebracht, damit er ihr die Pille verschriebe.

»Schon wieder ein Streit zwischen der Köchin und Saturnino?«

»Es hat eher mit dem jungen Herrn Alfonso zu tun.« Justiniana senkte die Stimme, als könnte der Junge sie hören in seiner fernen Schule, und tat verwirrter, als sie war. »Gestern abend habe ich ihn erwischt ... Aber Sie dürfen ihm nichts sagen, Señora. Wenn Fonchito erfährt, daß ich es Ihnen erzählt habe, bringt er mich um.«

Doña Lukrezia amüsierten die Mätzchen und Faxen, mit denen Justiniana immer alles ausschmückte, was sie erzählte.
»Wo hast du ihn erwischt? Was hat er getan?«
»Er hat Ihnen hinterherspioniert, Señora.«
Eine Ahnung sagte Doña Lukrezia, was sie hören würde; sie war auf der Hut. Justiniana wies auf das Dach des Badezimmers, und jetzt schien sie wirklich verwirrt.
»Er hätte in den Garten fallen und sich den Hals brechen können«, flüsterte sie und verdrehte die Augen in ihren Höhlen. »Deshalb erzähle ich es Ihnen, Señora. Als ich ihn ausschimpfte, hat er mir gesagt, es sei nicht das erste Mal gewesen. Er wäre schon oft aufs Dach gestiegen. Um Sie zu beobachten.«
»Was sagst du da!«
»Genau das«, antwortete das Kind herausfordernd, fast heldenmütig. »Und ich werde es weiter tun, auch wenn ich ausrutsche und mir den Hals breche, damit du es nur weißt.«
»Du bist wohl verrückt geworden, Fonchito. Das ist sehr schlecht, so was tut man nicht. Was würde Don Rigoberto sagen, wenn er wüßte, daß du deine Stiefmutter beim Baden beobachtest. Er würde böse werden, er würde dir eine Tracht Prügel verabreichen. Und außerdem kannst du dir den Hals brechen, vergiß nicht, wie hoch das ist.«
»Das ist mir egal«, antwortete das Kind mit einer

Entschlossenheit, die in den Augen blitzte. Aber dann beruhigte es sich rasch wieder, zuckte die Schultern und fügte bescheiden hinzu: »Auch wenn mein Papa mich schlägt, Justita. Wirst du mich verraten?«

»Ich werde ihm nichts sagen, wenn du mir versprichst, nie wieder da hinaufzusteigen.«

»Das kann ich dir nicht versprechen, Justita«, rief das Kind bekümmert aus. »Ich verspreche nicht, was ich nicht halten kann.«

»Erfindest du das alles nicht vielleicht mit deiner tropischen Phantasie?« stotterte Doña Lukrezia. Sollte sie lachen, ärgerlich werden?

»Ich habe lange überlegt, bevor ich den Mut gefunden habe, es Ihnen zu erzählen, Señora. Fonchito ist ja so lieb, und ich hab ihn so gern. Aber wenn er auf dieses Dach hinaufklettert, kann er sich den Hals brechen, das schwör ich Ihnen.«

Doña Lukrezia versuchte vergeblich, ihn sich dort oben vorzustellen, niedergeduckt wie ein kleines Tier, um sie zu belauern.

»Aber ... aber, ich kann es nicht glauben. Er ist so artig, so wohlerzogen. Ich kann mir nicht vorstellen, daß er so etwas tut.«

»Fonchito hat sich nämlich in Sie verliebt, Señora«, seufzte das Mädchen. Sie hielt sich die Hand vor den Mund und lachte. »Sagen Sie nicht, daß Sie es nicht gemerkt haben, das kann ich nicht glauben.«

»Was erzählst du da für Unsinn, Justiniana.«

»Gibt es denn ein Alter für die Liebe, Señora? Manche fangen eben im Alter von Fonchito an. Wo er doch überhaupt in allem so aufgeweckt ist. Wenn Sie gehört hätten, was er mir gesagt hat, wären Sie aus dem Staunen nicht rausgekommen. Genau wie ich.«

»Was erfindest du jetzt, du dumme Gans?«

»So ist es, Justita. Wenn sie sich den Morgenmantel auszieht und in die Badewanne mit dem Schaumwasser steigt..., ich kann dir nicht sagen, was ich fühle. Sie ist so... so schön... Mir kommen die Tränen, genauso wie wenn ich die Kommunion empfange. Ich habe das Gefühl, einen Film zu sehen, sage ich dir. Es ist etwas, das ich dir nicht erklären kann. Bestimmt muß ich deshalb weinen, nicht?«

Doña Lukrezia entschied sich, in Lachen auszubrechen. Das Mädchen faßte Vertrauen und stimmte mit komplizenhafter Miene in ihr Lachen ein.

»Ich glaube nur den zehnten Teil von dem, was du mir erzählst«, sagte sie schließlich, während sie sich erhob. »Aber trotzdem, etwas muß mit diesem Kind geschehen. Man muß diesen Spielen ein Ende machen, und zwar so bald wie möglich.«

»Sie dürfen es nicht dem Señor sagen«, bat Justiniana angstvoll. »Er würde sehr ärgerlich werden und ihn vielleicht schlagen. Fonchito begreift noch nicht einmal, daß er was Schlechtes tut. Mein Wort darauf. Er ist wie ein kleiner Engel, er unterscheidet nicht zwischen Gut und Böse.«

»Das kann ich Rigoberto nicht erzählen, natürlich nicht«, überlegte Doña Lukrezia laut. »Aber man muß einen Schlußpunkt unter diese Dummheit setzen. Ich weiß nicht wie, aber es muß gleich sein.«

Sie fühlte sich verzagt und unbehaglich, wütend auf das Kind, das Dienstmädchen und auf sich selbst. Was sollte sie tun? Mit Fonchito reden und ihn tadeln? Ihm drohen, Rigoberto alles zu sagen? Wie würde er reagieren? Sich verletzt, verraten fühlen? Würde die Liebe, die er für sie empfand, sich jetzt rasch in Haß kehren?

Als sie sich einseifte, fuhr sie liebkosend über ihre großen Brüste mit den erigierten Brustwarzen, die noch immer zarte Taille, aus der, wie die beiden Teile einer Frucht, die breiten Kurven ihrer Hüften hervorsprangen, und über die Oberschenkel, die Hinterbacken und die enthaarten Achselhöhlen und den langen, geschmeidigen Hals, den ein einsames Muttermal zierte. »Ich werde niemals altern«, sagte sie beschwörend, wie jeden Morgen, während sie ihr Bad nahm. »Auch wenn ich dazu meine Seele oder sonst was verkaufen müßte. Ich werde niemals häßlich oder unglücklich sein. Ich werde schön und glücklich sterben.« Don Rigoberto hatte sie davon überzeugt, daß diese Dinge wahr wurden, wenn man sie nur sagte, wiederholte und glaubte. »Sympatheti-

sche Magie, mein Liebling.« Lukrezia lächelte: ihr Mann mochte ja ein bißchen exzentrisch sein, aber langweilen tat man sich wirklich nicht mit ihm.
Den ganzen verbleibenden Tag, während sie den Angestellten Anweisungen erteilte, einkaufen ging, eine Freundin besuchte, zu Mittag aß, Anrufe tätigte und erhielt, fragte sie sich, was sie mit dem Kind tun sollte. Wenn sie es an Rigoberto verriet, würde sie es sich zum Feind machen, und dann ginge die alte Prophezeiung der häuslichen Hölle in Erfüllung. Vielleicht wäre es das vernünftigste, Justinianas Enthüllungen zu vergessen, eine distanzierte Haltung anzunehmen und so allmählich die auf sie bezogenen Hirngespinste aufzulösen, die das Kind sich zurechtgesponnen hatte, gewiß nur halbwegs bewußt, daß es welche waren. Ja, das war das Klügste: schweigen und nach und nach etwas Abstand zu ihm schaffen.
Als Alfonsito an diesem Nachmittag von der Schule nach Hause kam und auf sie zuging, um ihr einen Kuß zu geben, wandte sie sogleich das Gesicht von ihm ab und vertiefte sich wieder in die Zeitschrift, die sie gerade durchblätterte, ohne ihn nach dem Unterricht oder nach den Aufgaben für den nächsten Tag zu fragen. Aus dem Augenwinkel sah sie, daß sein kleines Gesicht sich weinerlich verzog. Aber sie blieb ungerührt, und an diesem Abend ließ sie ihn allein essen, ohne wie sonst hinunterzugehen und ihm Gesellschaft zu leisten (sie aß selten zu Abend). Rigo-

berto rief sie wenig später aus Trujillo an. Seine Geschäfte waren alle gut gegangen, und er sehnte sich sehr nach ihr. Heute nacht, in dem kleinen traurigen Zimmer des Touristenhotels, würde er sie noch mehr vermissen. Nichts Neues zu Hause? Nein, nichts. Paß gut auf dich auf, mein Liebling. Doña Lukrezia hörte ein wenig Musik, allein in ihrem Zimmer, und als das Kind kam, um ihr gute Nacht zu sagen, gab sie ihm den Gruß kühl zurück. Kurze Zeit darauf wies sie Justiniana an, ihr das Schaumbad zu bereiten, das sie immer vor dem Schlafengehen nahm.

Während das Mädchen das Badewasser einlaufen ließ und sie sich entkleidete, kehrte das Unbehagen wieder, das sie den ganzen Tag verfolgt hatte, jetzt noch um einiges verstärkt. Hatte sie recht daran getan, Fonchito so zu behandeln? Gegen ihren Willen bekümmerte es sie, an sein enttäuschtes und erstauntes kleines Gesicht zu denken. Aber war dies denn nicht die einzige Möglichkeit, mit einer Kinderei Schluß zu machen, die gefährlich werden konnte?

In der Badewanne, das Wasser bis zum Hals, döste sie vor sich hin und brachte nur dann und wann mit einer Hand oder einem Fuß die Schaumspiralen in Bewegung, als Justiniana an die Tür klopfte: Durfte sie hereinkommen, Señora? Sie sah sie näher treten, das Handtuch in der einen, ihren Morgenmantel in der anderen Hand. Ihre Miene war sehr besorgt. Sofort wußte sie, was das Mädchen ihr gleich zuflüstern würde: »Fonchito ist dort oben, Señora.« Sie nickte und befahl Justiniana mit einer gebieterischen Geste zu gehen.

Lange verharrte sie reglos im Wasser und vermied, zur Decke zu blicken. Sollte sie es tun? Mit dem Finger auf ihn zeigen? Schreien, ihn beschimpfen? Schon ahnte sie das Gepolter hinter der dunklen Glaskuppel, die sich über ihrem Kopf wölbte, und stellte sich die kleine, niedergekauerte Gestalt vor, ihren Schrecken, ihre Scham. Sie hörte Fonchitos rauhen Aufschrei, sie sah, wie er davonsprang. Er würde ausrutschen, mit donnerndem Getöse bis in den Garten poltern. Bis zu ihr würde der trockene Aufschlag des kleinen Körpers dringen, wenn er auf die Balustrade aufschlüge, die Krotonhecke niederdrückte, sich in den verhexten Zweigen des Stechapfels verfing. ›Reiß dich zusammen und beherrsch dich‹, sagte sie sich mit zusammengepreßten Zähnen. ›Vermeide einen Skandal. Vermeide vor allem alles, was in einer Tragödie enden könnte.‹

Der Zorn ließ sie von Kopf bis Fuß zittern, und ihre Zähne schlugen aufeinander, als wäre ihr sehr kalt. Plötzlich erhob sie sich. Ohne sich mit dem Handtuch zu verhüllen, ohne sich zusammenzuducken, damit diese kleinen unsichtbaren Augen ihren Körper nur unvollständig und flüchtig zu Gesicht bekämen. Nein, im Gegenteil. Sie stand auf, reckte sich steil empor, öffnete sich, und bevor sie aus der Badewanne stieg, streckte sie die Glieder, zeigte sich ausgiebig und obszön, während sie sich die Plastikhaube abnahm und die Haare schüttelte. Und als sie aus der Badewanne gestiegen war, zog sie sich nicht sogleich den Morgenmantel an, sondern verharrte nackt, den Körper mit glänzenden Wassertröpfchen bedeckt, gespannt, kühn, zornig. Sie trocknete sich ganz langsam ab, Glied für Glied, ließ das Handtuch wieder und wieder über ihre Haut gleiten, drehte sich zur Seite, neigte sich, hielt bisweilen in einer Haltung unanständiger Selbstvergessenheit inne, wie abgelenkt durch einen plötzlichen Gedanken, oder betrachtete sich eingehend im Spiegel. Und mit der gleichen manischen Umständlichkeit rieb sie danach ihren Körper mit feuchtigkeitsspendenden Cremes ein. Und während sie sich in dieser Weise vor dem unsichtbaren Beobachter produzierte, bebte ihr Herz vor Zorn. Was tust du, Lukrezia? Was sind das für Anstrengungen, Lukrezia? Aber sie fuhr fort, sich zur Schau zu stellen, wie sie es noch niemals für jemanden getan hatte, nicht einmal für Don Rigoberto; sie wanderte im Badezimmer hin und her, nackt, während sie sich die Haare bürstete, die Zähne putzte und sich mit Kölnisch Wasser besprühte. Während sie dieses improvisierte Schauspiel aufführte, kam ihr wie eine Ahnung der Gedanke, daß das, was sie tat, auch eine subtile Form war, den frühreifen Libertin, der dort oben in der Nacht hockte, mit Bildern einer Intimität abzuschrecken, die ein für allemal mit dieser Unschuld aufräumen würden, deren er sich als Alibi für sein dreistes Verhalten bediente.

Als sie ins Bett ging, zitterte sie noch immer. Lange Zeit konnte sie nicht einschlafen; sie sehnte sich nach Rigoberto. Sie war verärgert über das, was sie getan hatte, haßte das Kind mit all ihren Kräften und versuchte hartnäckig, nicht zu ergründen, was diese Hitzeanfälle bedeuteten, die ab und zu ihre Brustwarzen elektrisierten. Was ist nur mit dir los? Sie erkannte sich nicht wieder. Waren ihre vierzig Jahre daran schuld? Oder die nächtlichen Phantasien und Extravaganzen ihres Mannes? Nein, schuld hatte einzig und allein Alfonsito. ›Dieses Kind verdirbt mich‹, dachte sie verwirrt.

Als sie endlich in den Schlaf fand, hatte sie einen wollüstigen Traum, in dem einer der Stiche aus Don Rigobertos geheimer Sammlung, die sie beide des Nachts auf der Suche nach Anregung für ihre Liebe zu betrachten und zu kommentieren pflegten, zum Leben zu erwachen schien.

5. Diana nach dem Bade

Die da links bin ich, Diana Lukrezia. Ja, ich, die Göttin des Eichbaums und der Wälder, der Fruchtbarkeit und der Geburten, die Göttin der Jagd. Die Griechen nannten mich Artemis. Ich bin mit dem Mond verwandt, und Apollo ist mein Bruder. Zu meinen Bewunderern gehören viele Frauen und Plebejer. Tempel mir zu Ehren sind über die Wälder des ganzen Imperiums verstreut. Zu meiner Rechten, nach vorn geneigt, den Blick auf meinen Fuß geheftet, befindet sich Justiniana, meine Favoritin. Wir haben gerade ein Bad genommen, und jetzt werden wir uns lieben.

Den Hasen, die Rebhühner und die Fasanen habe ich heute im Morgengrauen gejagt, mit den Pfeilen, die Justiniana aus den Beutetieren gezogen und gesäubert hat und die nun in ihren Köcher zurückgekehrt sind. Die Spürhunde dienen der Dekoration; nur selten bediene ich mich ihrer, wenn ich zur Jagd aufbreche. Auf jeden Fall niemals, um so zartes Wildbret wie heute zu erlegen: ihre Reißzähne mißhandeln es und machen es mitunter ungenießbar. Diese Tiere mit dem zarten, saftigen Fleisch werden wir heute abend verzehren, gewürzt mit exotischen Kräutern, und dazu den Wein aus Capua trinken, bis wir selig zu Boden sinken. Ich weiß zu genießen. Ich habe diese Fähigkeit im Lauf der Zeit und der Geschichte unermüdlich vervollkommnet und behaupte ohne Hochmut, daß ich Weisheit und Wissen darin erlangt habe. Ich meine in der Kunst, den Nektar der Lust aller Früchte des Lebens – selbst der verdorbenen – zu kosten.

Die Hauptperson befindet sich nicht auf dem Bild. Besser gesagt, man sieht sie nicht. Sie ist dort hinten, verborgen zwischen den Bäumen, und spioniert uns aus. Die schönen Augen von der Farbe eines süd lichen Morgenhimmels weit aufgerissen und das runde Gesicht von Begierde erhitzt, wird er dort hocken, in Trance, versunken in meine Anbetung. Die blonden Locken im Laubwerk verfangen und das kleine, blaßhäutige Glied wie ein Banner aufgerichtet, wird er dort sein und uns trinken und verschlingen mit seiner reinen Kinderphantasie. Das Wissen darum ergötzt uns und gibt unseren Spielen einen Anflug von Verdorbenheit. Er ist nicht Gott, nicht Tier, sondern von Menschenart. Ziegen hütet er und spielt die Flöte. Man nennt ihn Foncín.

Justiniana entdeckte ihn an den Iden des August, als ich der Spur eines Hirsches durch den Wald folgte. Der kleine Hirte folgte mir nach, betäubt, stolpernd, ohne die Augen einen winzigen Moment von mir zu lösen. Als er sah, wie ich mich steil emporrichtete – indes ein Sonnenstrahl meine Haare aufleuchten und meine Pupillen wütend funkeln ließ und alle Muskeln meines Körpers sich spannten, um den Pfeil abzuschießen –, brach er in Tränen aus, so berichtet meine Favoritin. Sie näherte sich ihm, um ihn zu trösten, und da gewahrte sie, daß das Kind vor Glück weinte.

»Ich weiß nicht, was mir geschieht«, gestand er ihr, die Wangen von Tränen gebadet, »aber immer, wenn die Herrin im Wald erscheint, werden alle Blätter der Bäume zu Sternen, und alle Blumen beginnen zu singen. Ein feuriger Geist dringt in mich ein und erhitzt mein Blut. Ich sehe sie, und es ist, als würde ich auf der Stelle ein Vogel werden und davonfliegen.«

»Die Form deines Körpers hat seinen jungen Jahren frühzeitig die Sprache der Liebe eingegeben«, philosophierte Justiniana, nachdem sie mir die Begebenheit berichtet hatte. »Deine Schönheit schlägt ihn in Bann, wie die Schlange den Kolibri. Erbarm dich seiner, Diana Lukrezia. Warum spielen wir nicht mit dem Hirtenjungen? Indem wir ihn ergötzen, werden wir auch uns selbst ergötzen.«

Und so geschah es. Als geborene Genießerin – darin mir gleich und vielleicht sogar überlegen – irrt Justiniana niemals in Dingen der Lust. Das gefällt mir am meisten an ihr, mehr noch als ihre üppigen Hüften oder das seidige Haar ihres Schamhügels, das so angenehm im Mund kitzelt: ihre rasche Phantasie und ihr sicherer Instinkt, wenn es gilt, im Tumult dieser Welt die Quellen der Kurzweil und der Lust zu erkennen.

Seither spielen wir mit ihm, und obwohl recht viel Zeit vergangen ist, hat das Spiel nichts von seiner

Unterhaltsamkeit eingebüßt und langweilt uns nie. Jeden Tag bringt es uns mehr Zerstreuung als am Tag davor und bereichert das Leben um neue Würze und gute Laune.

Damit nicht genug, verbindet Foncín die körperlichen Reize einer kleinen männlichen Gottheit mit dem geistigen Reiz der Schüchternheit. Die zwei oder drei Annäherungsversuche, die ich unternahm, um mit ihm zu sprechen, waren vergeblich. Er wird blaß und stürmt wie ein ungebärdiges Hirschkalb davon, bis er sich wie durch Zauberei im Gezweig der Bäume auflöst. Justiniana hat er zugeflüstert, daß der bloße Gedanke, nicht etwa mich zu berühren, sondern mir nur nahe zu sein, so daß ich ihm in die Augen blicken und zu ihm sprechen könnte, ihn kopflos und zunichte macht. »Eine solche Frau ist unberührbar«, hat er zu ihr gesagt. »Ich weiß, daß ihre Schönheit mich verbrennen wird wie die Sonne Libyens den Schmetterling, sobald ich in ihre Nähe komme.«

Deshalb spielen wir unsere Spiele im verborgenen. Jedesmal ein anderes, ein Trugbild, das jenen Theaterszenen gleicht, in denen sich die Götter mit den Menschen vermischen, um zu leiden und sich gegenseitig umzubringen, wie sie den Griechen, diesen Gefühlsmenschen, so sehr gefallen. Justiniana tut, als wäre sie seine Komplizin und nicht die meine – in Wirklichkeit ist sie seine *und* meine, vor allem aber ihre eigene, schlau wie sie ist –, und führt den kleinen Hirten auf einen Felsen nahe der Grotte, in der ich die Nacht verbringen werde. Dann entkleidet sie mich im Licht der hell lodernden, rötlichen Feuerzungen und salbt meinen Körper mit dem Honig der süßen Bienen Siziliens. Es ist ein lakedämonisches Rezept, um den Körper glatt und glänzend zu erhalten, und hat überdies eine erregende Wirkung. Während sie sich über mich neigt, meine Glieder reibt, sie hin und her bewegt und der Neugier meines scheuen Betrachters preisgibt, schließe ich halb die Augen. Ich gleite in den dunklen Schacht des Gefühls hinab und vibriere in kleinen wollüstigen Spasmen, während ich gleichzeitig Foncín erahne. Mehr noch: Ich sehe ihn, ich rieche ihn, ich streichle ihn, ich umarme ihn, und ich nehme ihn in mich auf, ohne daß ich ihn berühren müßte. Meine Ekstase steigert sich noch im Wissen, daß er, indes ich unter den kundigen Händen meiner Favoritin den Gipfel der Lust erklimme, ebenfalls, in meinem Rhythmus, die höchste Lust mit mir erlebt. Sein unschuldiger kleiner Körper glänzt von Schweiß, während er mich betrachtet und in meiner Betrachtung vergeht, und bringt eine zärtliche Note ins Spiel, die meine Lust belebt und versüßt.

Und so, durch Justiniana vor mir im Laubwerk verborgen, hat der kleine Hirte gesehen, wie ich schlief und erwachte, wie ich den Spieß und den Pfeil schleuderte, wie ich mich kleidete und entkleidete. Er hat gesehen, wie ich mich auf zwei Steinen niederhockte und meinen goldgelben Urin in ein klares Bächlein urinierte, an dessen Ufer er sich flußabwärts stürzen wird, um zu trinken. Er hat gesehen, wie ich Gänse köpfte und Tauben den Bauch aufschlitzte, um ihr Blut den Göttern darzubringen und aus ihren Eingeweiden die unbekannte Zukunft herauszulesen. Er hat gesehen, wie ich mich selbst liebkoste und befriedigte und wie ich meine Favoritin liebkoste und befriedigte, und er hat Justiniana und mich gesehen, wie wir inmitten der Strömung das kristallklare Wasser der Kaskade eine jede im Mund der anderen tranken und unseren Speichel, unsere Säfte und unseren Schweiß kosteten. Keine Übung oder Verrichtung, keine Zügellosigkeit und kein Ritual des Körpers oder der Seele, die wir ihm nicht dargeboten hätten, dem privilegierten Besitzer unserer Intimität von seinen wechselnden Verstecken her. Er ist unser Narr; aber er ist auch unser Herr. Er dient uns, und wir dienen ihm. Ohne daß wir uns berührt oder ein Wort gewechselt hätten, haben wir einander unzählige Male Lust bereitet. Trotz des unüberwindbaren Abgrundes, der sich ob unserer unterschiedlichen Natur und der Anzahl der Jahre zwischen uns auftut, kann man mit gutem Recht behaupten, daß wir vereinter sind als das leidenschaftlichste Liebespaar.

Jetzt, in ebendiesem Augenblick, werden Justiniana und ich unser Schauspiel für ihn inszenieren, und Foncín, der einfach im Hintergrund bleibt, zwischen der Felswand und dem Waldstück, wird ebenfalls für uns in seiner Rolle auftreten.

Nicht lange, und diese ewige Reglosigkeit wird zu Leben erwachen und sich in Zeit, in Geschichte verwandeln. Die Spürhunde werden bellen, im Wald wird es zwitschern, das Wasser des Flusses wird murmelnd zwischen den Kieseln und den Binsen dahinfließen, und die prallen Wolken werden in den Orient reisen, von der gleichen verspielten Brise getrieben, die auch die fröhlichen Locken meiner Favoritin in Aufruhr bringt. Sie wird sich bewegen, sich hinunterbeugen, und ihr kleiner rotlippiger Mund wird meinen Fuß küssen und an jeder meiner Zehen saugen, so wie man an heißen Sommernachmittagen an der Limone und der Zitrone saugt. Nach kurzer Zeit werden wir unsere Glieder ineinander verschlungen haben und in der raschelnden Seide der blauen Decke schäkern, hingegeben an die Trunkenheit, aus der das Leben keimt. Die Spürhunde werden uns umstreichen und mit dem Atem ihrer gierigen Schlünde wärmen und uns vielleicht erregt die Glieder lecken. Der Wald wird uns seufzen hören, wenn wir in Ohnmacht vergehen und plötzlich wie zu Tode verwundet schreien. Einen Augenblick später wird er unser Lachen und Scherzen vernehmen. Und sehen, wie

wir in einen friedlichen Schlaf hinüberschlummern, ohne uns voneinander zu lösen.
Wenn er sieht, daß wir Gefangene des Gottes Hypnos sind, dann ist es sehr gut möglich, daß der Zeuge unseres Treibens mit unendlicher Vorsicht, um uns nicht mit dem leisen Geräusch seiner Schritte zu wecken, seine Zuflucht verläßt und uns vom Rande der blauen Decke her betrachtet.
Dort wird er sein und da wir, abermals reglos, in einem anderen Augenblick von Ewigkeit. Foncín, mit blasser Stirn und geröteten Wangen, Erstaunen und Dankbarkeit in den großen Augen, indes ein kleiner Speichelfaden aus seinem zarten Munde rinnt. Wir, verschlungen und vollkommen, im gleichen Rhythmus atmend, mit dem erfüllten Ausdruck jener, die glücklich zu sein verstehen. So verharren wir alle drei, still, geduldig, und warten auf den künftigen Künstler, der, von Verlangen getrieben, uns in Träumen einfängt und glaubt, uns zu erfinden, während er uns mit seinem Pinsel auf die Leinwand bannt.

6. Don Rigobertos Waschungen

Don Rigoberto trat ins Badezimmer, schob den Riegel vor und seufzte. Sogleich bemächtigte sich seiner ein angenehmes, befriedigendes Gefühl von Erleichterung und Erwartung: in dieser einsamen halben Stunde würde er glücklich sein. Er war es jeden Abend, manchmal mehr, manchmal weniger, aber niemals verfehlte das ausgeklügelte Ritual, das er im Lauf der Jahre perfektioniert hatte wie ein Künstler, der an seinem Meisterwerk feilt und bessert, seine wunderbare Wirkung: es erfrischte ihn, versöhnte ihn mit seinesgleichen, verjüngte ihn und regte ihn an. Jedesmal verließ er das Badezimmer mit dem Gefühl, daß das Leben trotz allem lebenswert war. Deshalb hatte er nicht ein einziges Mal auf diese Zeremonie verzichtet, seitdem er – wie lange war das her? – auf den Gedanken gekommen war, das, was für die meisten Sterblichen eine Routine war, der sie sich mechanisch und unbewußt unterzogen – Zähne putzen, sich den Mund spülen usw. –, in eine raffinierte Beschäftigung zu verwandeln, die ihn, und sei es auch nur für ein paar flüchtige Augenblicke, in ein vollkommenes Wesen verwandelte.

Als junger Mann war er begeisterter Anhänger der Katholischen Aktionspartei gewesen und hatte davon geträumt, die Welt zu verändern. Bald war ihm klargeworden, daß dieser Traum, wie alle kollektiven Ideale, unmöglich und zum Scheitern verurteilt war. Seine praktische Ader veranlaßte ihn, seine Zeit nicht in Schlachten zu vergeuden, die er früher oder später verlieren würde. Damals begann er zu mutmaßen, daß das Ideal der Vollkommenheit vielleicht für das einzelne Individuum erreichbar sei, wenn man es räumlich begrenzte (auf die Pflege oder Gesundheit des Körpers zum Beispiel oder auf die erotische Erfahrung) und zeitlich (auf die abendlichen Waschungen und Zerstreuungen vor dem Schlafengehen).

Er zog den Bademantel aus, hängte ihn hinter die Tür und setzte sich nackt, nur mit den Hausschuhen an den Füßen, auf die Toilette, die vom Badezimmer durch einen lackierten Wandschirm abgetrennt war, auf dem ein paar kleine himmelblaue Gestalten tanzten. Sein Darm war eine Schweizer Uhr: diszipliniert und pünktlich leerte er sich stets zu dieser Stunde, vollständig und ohne Anstrengung, als sei er glücklich, sich der Policen und Lasten des Tages zu entledigen. Seitdem er mit dem heimlichsten Beschluß seines Lebens – nicht einmal Lukrezia würde ihn wahrscheinlich jemals genau kennen – entschieden hatte, für einen kurzen Bruchteil jedes Tages vollkommen zu sein, und diese Zeremonie ersonnen hatte, war er niemals wieder von erstickenden Verstopfungen oder demoralisierenden Durchfällen heimgesucht worden.

Don Rigoberto schloß ein wenig die Augen und drückte sanft. Mehr war nicht nötig: er spürte sogleich das wohltuende Kitzeln im Mastdarm und das

Gefühl, daß dort drinnen, in den Höhlungen des Unterleibs, etwas Folgsames sich auf den Weg machte und bereits die Richtung zu jener Ausgangspforte einschlug, die sich weitete, um ihm den Durchgang zu erleichtern. Der Anus seinerseits hatte begonnen, sich schon im voraus zu dehnen, bereit, die Vertreibung des Vertriebenen zu vollenden, um sich dann grimmig wieder zu schließen, mit seinen tausend kleinen Runzeln, als wollte er spotten: ›Weg bist du, du Spitzbube, und nimmer kehrst du wieder.‹

Don Rigoberto lächelte zufrieden. ›Scheißen, koten, entleeren – Synonyme für genießen?‹ dachte er. Ja, warum nicht. Wenn man es nur langsam und konzentriert tat, die Verrichtung auskostete, ohne die geringste Hast, mit Weile, und den Darm in sanfte, fortwährende Schwingungen versetzte. Man durfte die Obolusse bei ihrem Dahingleiten zur Ausgangspforte nicht drängen, sondern mußte sie huldvoll führen, begleiten, geleiten. Don Rigoberto seufzte erneut, alle fünf Sinne auf das Geschehen in seinem Körper konzentriert. Er konnte das Schauspiel beinahe sehen: die Dehnungen und Kontraktionen, die Säfte und Massen in Aktion, all dies in der lauen leiblichen Dunkelheit und in einer Stille, die dann und wann ein gedämpftes Gurgeln oder das fröhliche Lüftchen eines Furzes unterbrachen. Schließlich vernahm er das verhaltene Platschen, mit dem der erste aus seinen Eingeweiden ausquartierte Obolus in das Wasser am Grunde der Kloschüssel eintauchte – schwamm er, versank er? Es würden noch drei oder vier weitere fallen. Acht war sein olympischer Rekord, Ergebnis eines üppigen Mittagsmahles mit mörderischen Mischungen aus Fetten, Mehlen, Stärken und Kohlenhydraten, begossen mit diversen Weinen und Schnäpsen. Gewöhnlich entrichtete er fünf Obolusse; war der fünfte draußen, erfaßte ihn nach einigen Sekunden der Ruhe, in denen er Muskeln, Eingeweiden, Anus und Mastdarm die nötige Zeit ließ, um wieder ihre orthodoxen Positionen einzunehmen, jene innere Seligkeit der erfüllten Pflicht und des erreichten Ziels, jenes Gefühl geistiger Reinheit, wie er es als Kind in der La-Recoleta-Schule immer nach der Beichte seiner Sünden und der Verrichtung der vom Beichtvater auferlegten Buße empfunden hatte.

›Die Reinigung des Leibes ist jedoch sehr viel weniger ungewiß als die Reinigung der Seele‹, dachte er. Sein Darm war jetzt sauber, ohne Zweifel. Er spreizte leicht die Beine, senkte den Kopf und spähte: diese zylindrischen braunen Körper, die halb eingetaucht in der Kloschüssel aus grünem Porzellan schwammen, waren der Beweis. Welches Beichtkind konnte, wie er jetzt, den stinkenden Unrat sehen und (so er wollte) berühren, den Reue, Beichte, Buße und göttliches Erbarmen aus der Seele trieben? In seiner Zeit als praktizierender Katholik – jetzt war er nur noch letzteres – hatte ihn niemals der Verdacht verlassen, daß trotz der Beichte, auch wenn sie noch so ausführlich ausfiel, immer irgendein Schmutz an den Wänden der Seele hängenblieb, ein paar widerspenstige, zähe kleine Flecken, die die Buße nicht zu lösen vermochte.

Eben dieses Gefühl beschlich ihn jetzt zuweilen, wenn auch in milderer Form und ohne Angst, seitdem er in einer Zeitschrift gelesen hatte, wie die jungen Novizen eines buddhistischen Klosters in Indien ihre Gedärme reinigten. Das Verfahren bestand aus drei gymnastischen Übungen, einer Schnur und einem Nachtgeschirr für den Stuhlgang. Es besaß die Einfachheit und Klarheit der vollkommenen Dinge und Taten, wie der Kreis und der Koitus. Der Autor des Textes, ein belgischer Yoga-Lehrer, hatte vierzig Tage lang mit ihnen geübt, um die Technik zu beherrschen. Die Beschreibung der drei Übungen, mit denen die Novizen die Entleerung beschleunigten, war jedoch nicht klar genug, um sie sich richtig vorstellen und nachahmen zu können. Der Yoga-Lehrer versicherte, daß durch diese drei Beugungen, Drehungen und Wendungen der Magen sämtliche unreinen und überzähligen Stoffe der (vegetarischen) Ernährung auflöste, der sich die Novizen unterziehen mußten. Wenn diese erste Phase der Magenreinigung abgeschlossen war, nahmen die jungen Männer –

Don Rigoberto stellte sich leicht melancholisch ihre kahlgeschorenen Schädel und ihre kargen kleinen Körper in den safrangelben oder vielleicht schneeweißen Kutten vor – die geeignete Position ein: entspannt, vornübergeneigt, die Beine leicht auseinandergestellt und die Fußsohlen fest auf dem Boden, damit sie sich keinen Millimeter bewegten, während ihr Körper – eine Schlange, die langsam den endlos langen Wurm hinunterschluckt – durch peristaltische Kontraktionen jene Schnur in sich aufnahm, die, sich faltend und entfaltend, ruhig und unbeirrbar durch das feuchte Labyrinth der Därme vorwärts drängte und unweigerlich all jene Überreste, Rückstände, hängengebliebenen Krümel und Exkretionen vor sich her trieb, welche die emigrierenden Obolusse auf ihrem Weg zurückließen.

›Sie reinigen sich genauso, wie man einen Gewehrlauf säubert‹, dachte er wieder einmal neiderfüllt. Er stellte sich vor, wie das schmutzige kleine Ende der Kordel durch das Quevedosche Arschäuglein in die Welt zurückkehrte, nachdem es all diese verschlungenen, dunklen Innereien durchlaufen und gereinigt hatte, und sah sie herauskommen und wie eine zerknüllte Papierschlange in das Nachtgeschirr fallen. Dort würde sie liegenbleiben, unnütz, mit den letzten Unreinheiten behaftet, die sie vertrieben hatte, bereit für den Scheiterhaufen. Wie wohl mußten sich diese jungen Männer fühlen! Wie leicht! Wie makellos! Niemals würde er es ihnen gleichtun können, zumindest nicht in dieser Erfahrung. Aber Don Rigoberto war sich einer Sache sicher: mochten sie ihn auch in der Technik der Sterilisierung der Därme übertreffen, so war sein Säuberungsritual in allem übrigen doch unendlich skrupulöser und kunstgerechter als das dieser Exoten.

Er drückte ein letztes Mal, diskret und lautlos, für alle Fälle. Ob wohl jene Anekdote stimmte, der zufolge der Buchgelehrte Marcelino Menéndez y Pelayo, der an chronischer Verstopfung litt, einen guten Teil seines Lebens in seinem Haus in Santander drückend auf der Toilette verbrachte? Don Rigoberto hatte sich erzählen lassen, daß der Tourist in dem zum Museum verwandelten Haus des berühmten Historikers, Dichters und Kritikers den tragbaren Schreibtisch betrachten könne, den dieser sich anfertigen ließ, um seine Forschungen und Kalligraphien nicht unterbrechen zu müssen, während er gegen den geizigen Darm kämpfte, der sich hartnäckig weigerte, den fäkalen Unrat herzugeben, den die üppigen und kräftigen spanischen Speisen dort deponiert hatten. Don Rigoberto empfand Rührung, wenn er sich den robusten Intellektuellen mit der breiten Stirn und den festen religiösen Überzeugungen vorstellte, wie er zusammengekrümmt auf seinem Zimmerklosett saß, vielleicht mit einer dicken karierten Decke auf den Knien, um sich gegen die eisige Bergluft zu schützen, und stundenlang drückte und drückte, während er gleichzeitig unerschütterlich in den alten Folianten und staubigen Inkunabeln der Geschichte Spaniens stöberte, auf der Suche nach Heterodoxien, Gottlosigkeiten, Schismen, Blasphemien und Glaubens-Extravaganzen, die er katalogisieren konnte.

Er säuberte sich mit vier zusammengefalteten Blättern Toilettenpapier und zog die Wasserspülung. Dann setzte er sich auf das Bidet, ließ es mit lauwarmem Wasser vollaufen und seifte sich peinlichst genau den Anus, das Glied, die Hoden, den Schamhügel, die Innenseite der Oberschenkel und die Hinterbacken ein. Danach spülte er sich ab und trocknete sich mit einem frischen Handtuch.

Heute war Dienstag, Tag der Füße. Er hatte die Woche nach Organen und Körperteilen eingeteilt: Montag, Hände; Mittwoch, Ohren; Donnerstag, Nase; Freitag, Haare; Sonnabend, Augen und Sonntag, Haut. Das war das variable Element des abendlichen Rituals und gab ihm eine abwechslungsreiche, reformistische Note. Die allabendliche Konzentration auf eine bestimmte Region seines Körpers erlaubte ihm überdies, sich deren Reinigung und Erhaltung sehr viel eingehender zu widmen und sie auf diese Weise mehr zu kennen und zu lieben. Da jedes Organ und jeder Körperteil einen Tag lang im Mittelpunkt seiner Fürsorge stand, war vollkommene Gleichheit in der

Pflege der Gesamtheit garantiert: es gab keine Bevorzugungen und Benachteiligungen, keine häßliche Hierarchie in der Behandlung und Achtung des Teils und des Ganzen. Er dachte: ›Mein Körper ist das sonst Unmögliche: die egalitäre Gesellschaft.‹
Er füllte die Wasserschüssel mit lauem Wasser, setzte sich auf den Klodeckel und weichte seine Füße eine gute Weile ein, damit seine Fersen, Sohlen, Zehen, Knöchel und Riste abschwollen und geschmeidig wurden. Er hatte weder Hühneraugen noch Plattfüße, wohl aber einen zu hohen Rist. Bah, das war eine kleine Deformation, nicht wahrnehmbar für jemanden, der seine Füße nicht einer klinischen Untersuchung unterzog. Hinsichtlich Größe, Proportion, Form der Zehen und Fußnägel, Nomenklatur und Orographie der Knochen schien alles von passabler Normalität. Die Gefahr lag in den Verhärtungen und Schwielen, die hin und wieder versuchten, seine Füße zu entstellen. Aber er verstand es, das Übel stets rechtzeitig an der Wurzel zu packen.
Der Bimsstein lag schon bereit. Er begann mit dem linken. Dort, am Rand der Ferse, wo die Reibung mit dem Schuh am stärksten ist, zeichnete sich bereits ein kleiner schwieliger Wildwuchs ab, der sich beim Berühren mit der Fingerkuppe wie eine unverputzte Wand anfühlte. Er rieb ihn mit dem Bimsstein ab, bis er verschwand. Freudig fühlte er, daß dieser Rand wieder die polierte Glätte der Umgebung angenom-

men hatte. Obwohl seine Finger sonst keine angehende Verhärtung oder Schwiele ausmachten, bürstete er vorsichtshalber mit dem Bimsstein die beiden Fußsohlen und die Riste und sogar die zehn Zehen beider Füße.

Danach machte er sich daran, mit bereitliegender Schere und Feile die Nägel zu schneiden und zu feilen, ein überaus angenehmes Vergnügen. Die Gefahr, die es hier zu bannen galt, war der Niednagel. Er hatte eine unfehlbare Methode, Ergebnis seiner geduldigen Beobachtung und seiner praktischen Phantasie: er schnitt den Nagel halbmondförmig und ließ an den Seiten zwei kleine Hörnchen stehen, die dank ihrer Form über das Fleisch hinausragten und niemals mit ihm verwachsen konnten. Diese sarazenischen Fußnägel ließen sich überdies aufgrund ihrer Mondgestalt im abnehmenden Viertel besser säubern: die Spitze der Feile drang leichter in diese Art Graben oder kleine Mulde zwischen Nagel und Fleisch ein, wo sich der Schmutz sammeln, der Schweiß verklumpen, irgendein Unrat einnisten konnte. Als er mit dem Schneiden, Reinigen und Feilen der Nägel fertig war, pusselte er so lange an den Häutchen herum, bis er sie von all jenen mysteriösen weißlichen Substanzen befreit hatte, die sich durch Reibungen, mangelnde Lüftung und Schweiß in diesen Fußfalten bilden.

Nach vollendeter Arbeit betrachtete und befühlte er

seine Füße mit liebevoller Zufriedenheit. Er warf die Häutchen und schmutzigen Schnipsel, die er auf einem Stück Toilettenpapier gesammelt hatte, in die Kloschüssel und zog die Wasserspülung. Danach seifte und spülte er seine Füße mit großer Sorgfalt. Und nach dem Abtrocknen bestäubte er sie mit einem fast unsichtbaren Puder, der einen leichten, männlichen Duft nach Heliotrop im Morgengrauen verströmte.

Ihm blieben noch die unveränderlichen Verrichtungen des Rituals: Mund und Achselhöhlen. Wenn er sich auch mit allen fünf Sinnen auf sie konzentrierte und sich die nötige Zeit nahm, um den Erfolg der Operation sicherzustellen, beherrschte er den Ritus doch in einem Maße, daß seine Aufmerksamkeit abschweifen und sich teilweise auf ein ästhetisches Prinzip richten konnte – jeweils auf ein anderes an jedem Wochentag –, das dem Manual, der Gesetzestafel, den Geboten entnommen war, die er selbst in unveränderter Heimlichkeit bei seinen abendlichen Enklaven erarbeitet hatte, welche unter dem Vorwand der Körperpflege seine besondere Religion darstellten und seine persönliche Art, die Utopie zu verwirklichen.

Während er auf der ockerfarbenen, weißgeäderten Marmorplatte die Bestandteile des mündlichen Offertoriums bereitstellte – ein wassergefülltes Glas, Zahnseide, Zahnpasta, Zahnbürste –, wählte er eines der Postulate aus, deren er sich am sichersten war, ein Prinzip, an dem er, als es erst einmal formuliert war, niemals gezweifelt hatte: ›Alles, was glänzt, ist häßlich, vor allem glänzende Menschen.‹ Er nahm einen Schluck Wasser in den Mund und spülte ihn kräftig aus, wobei er im Spiegel sah, wie seine Wangen sich blähten, während er mit dem Spülen fortfuhr, um auch die kleinsten Reste zu lösen, die am Zahnfleisch klebten oder locker zwischen den Zähnen hingen. ›Es gibt glänzende Städte, glänzende Bilder und Gedichte, glänzende Feste, Landschaften, Geschäfte und Dissertationen‹, dachte er. Sie galt es zu meiden wie die unvollwichtige Münze, sosehr sie auch blenden mochte, oder jene mit Früchten und Fähnchen verzierten und mit Sirup gezuckerten tropischen Getränke für Touristen.

Jetzt hielt er zwischen Daumen und Zeigefinger jeder Hand ein zwanzig Zentimeter langes Stück Zahnseide. Er begann wie immer mit der oberen Zahnreihe, von rechts nach links und dann von links nach rechts, wobei er jeweils bei den Schneidezähnen anfing. Er führte den Seidenfaden in den engen Zwischenraum ein und hob mit ihm die Ränder des Zahnfleischs an; dies war die Stelle, wo sich immer die widerlichen Brotkrumen, Fleischfasern, Gemüsezasern und die Fibern und Schalenreste vom Obst festsetzten. Mit kindlicher Freude sah er diese Bastardsubstanzen dank des Fadens und seiner geschickten Akrobatik zum Vorschein kommen. Er spuckte sie ins Waschbecken und sah sie durch den Abfluß gleiten und verschwinden, fortgeschwemmt im Wirbel der kleinen Wasserhose, die aus der Leitung kam. Währenddessen dachte er: ›Es gibt glänzende Haare, die stumpfe Gehirne krönen oder sie zu solchen machen. Das häßlichste Wort im Spanischen heißt Brillantine.‹ Als er mit der oberen Zahnreihe fertig war, spülte er sich von neuem den Mund aus und säuberte den Seidenfaden im Strahl der Wasserleitung. Dann machte er sich mit dem gleichen Feuer und ebensolcher Professionalität an die Reinigung der Vorder- und Backenzähne der unteren Etage. ›Es gibt glänzende Unterhaltungen, glänzende Musikstücke, glänzende Krankheiten wie die Pollenallergie, die Gicht, die Depressionen und den Streß. Und es gibt natürlich glänzende Brillanten.‹ Er spülte sich noch einmal den Mund und warf das Stück Zahnseide in den Abfalleimer.

Nun konnte er sich beruhigt die Zähne putzen. Er tat es, indem er die Zahnbürste langsam und mit Nachdruck von oben nach unten bewegte, damit die – natürlichen, niemals aus Plastik hergestellten – Borsten auf der Suche nach Essensresten, die der Wühlarbeit der Zahnseide widerstanden hatten, tief in die Knochenfugen eindringen konnten. Er bürstete zuerst die Hinter- und dann die Vorderseite. Nach der letzten Spülung spürte er in seinem Mund diesen angenehmen Geschmack nach Menthol und Zitrone, so erfrischend und jugendlich, als hätte in dieser von Zahnfleisch und Gaumen umrahmten Höhle jemand einen Ventilator angestellt, die Klimaanlage eingeschaltet und seine Vorder- und Bakkenzähne wären nicht mehr die gewohnten harten, fühllosen Knochen, sondern hätten die Empfindlichkeit von Lippen angenommen. ›Meine Zähne glänzen‹, dachte er, nicht ohne Angst. ›Na gut, vielleicht ist das die Ausnahme, die die Regel bestätigt.‹ Er dachte: ›Es gibt glänzende Pflanzen, wie die Rose. Und glänzende Tiere, wie die Angorakatze.‹

Plötzlich stellte er sich Doña Lukrezia nackt vor, wie sie mit einem Dutzend kleiner Angorakatzen spielte, die sich miauend an allen Rundungen ihres schönen Körpers rieben, und machte sich rasch daran, seine Achselhöhlen zu waschen, in der Furcht, eine vorzeitige Erektion zu erleben. Er tat dies mehrere Male jeden Tag: morgens beim Duschen und mittags in der Toilette der Versicherungsgesellschaft, bevor er zum Essen ging. Aber nur jetzt, beim allabendlichen Ritual, tat er es bewußt und mit Genuß, als handelte es sich nachgerade um ein verbotenes Vergnügen. Er spülte zunächst die beiden Achselhöhlen mit lauwarmem Wasser, auch die Arme, und rieb sie kräftig, um den Blutkreislauf anzuregen. Dann ließ er das Waschbecken mit warmem Wasser vollaufen und löste ein wenig parfümierte Seife darin auf, bis er sah, daß sich die klare Oberfläche schaumig kräuselte. Er tauchte jeden der Arme in die liebkosende Wärme und rieb sich geduldig und zärtlich die Achselhöhlen, während seine braunen Haare sich im Seifenwasser entwirrten und verwirrten. Unterdessen ging es in seinem Kopf weiter: ›Es gibt glänzende Düfte wie den der Rose und des Kampfers.‹ Schließlich trocknete er sich ab und erfrischte seine Achselhöhlen mit einem ganz leicht duftenden Kölnischwasser, das an den Geruch meernasser Haut oder an eine Meeresbrise gemahnte, die Gewächshäuser voller Blumen durchweht und deren Duft in sich aufgenommen hatte.

›Ich bin vollkommen‹, dachte er, während er sich im Spiegel betrachtete und sich roch. In seinem Gedanken lag nicht der winzigste Anflug von Eitelkeit. Diese sorgfältige Pflege seines Körpers diente nicht dem Ziel, ihn schmucker oder weniger häßlich zu machen, Koketterien, die auf irgendeine Weise – zumeist unbewußt – dem verachteten Herdenideal huldigten – war man denn nicht immer für die anderen »schön«? Vielmehr gab sie ihm das Gefühl, daß er auf diese Weise in einer Hinsicht der grausamen Wühlarbeit der Zeit entgegenwirkte, daß er so den unseligen Verfall hemmte oder aufhielt, den die niederträchtige Natur allem Lebendigen aufzwingt. Das Gefühl, diesen Kampf auszutragen, tat seiner Seele gut. Aber darüber hinaus kämpfte er, seit er geheiratet hatte und ohne daß Lukrezia davon wußte, auch im Namen seiner Frau gegen den Verfall seines Körpers. ›Wie Amadis für Oriana‹, dachte er. Er dachte: ›Für dich und für mich, mein Liebling.‹

Die Aussicht, nach dem Löschen des Lichts und dem Verlassen des Badezimmers im Bett seine Frau vorzufinden, die ihn in sinnlichem Halbschlummer erwartete, alle Schwellkörper in Bereitschaft und gewillt, durch seine Liebkosungen geweckt zu werden, ließ ihn von Kopf bis Fuß erschauern. »Du bist vierzig Jahre alt geworden und niemals schöner gewesen«, murmelte er, während er sich zur Tür wandte. »Ich liebe dich, Lukrezia.«

Eine Sekunde bevor das Badezimmer in Dunkelheit versank, gewahrte er in einem der Spiegel, daß seine Emotionen und Gedankenspiele seinen Körper bereits in eine kriegerische Gestalt verwandelt hatten, deren Profil an das wundersame Tier der mittelalterlichen Mythologie gemahnte: das Einhorn.

7. Venus mit Amor und Musik

Sie ist Venus, die Italienerin, Tochter des Jupiter, Schwester Aphrodites, der Griechin. Der Orgelspieler gibt ihr Musikunterricht. Ich heiße Amor. Klein, weich, rosig und geflügelt, bin ich tausend Jahre alt und keusch wie eine Libelle. Der Hirsch, der Pfau und das Rotwild, die man durch das Fenster sehen kann, sind ebenso lebendig wie das verschlungene Liebespaar, das im Schatten der Bäume auf der Allee wandelt. Der Satyr des Brunnens hingegen, über dessen Kopf aus einem alabasternen Krug kristallklares Wasser sprudelt, ist es nicht: er ist aus toskanischem Marmor, den ein geschickter Künstler aus dem Süden Frankreichs modelliert hat.
Auch wir drei sind munter und lebendig, wie der Bach, der murmelnd zwischen Steinen den Berg hinabfließt, oder das wirre Geschwätz der Papageien, die ein Händler aus Afrika Don Rigoberto, unserem Herrn, verkauft hat. (Die gefangenen Tiere langweilen sich jetzt in einem Käfig im Garten.) Die Dämmerung hat schon begonnen, und bald wird die Nacht hereinbrechen. Wenn sie mit ihren lumpigen, bleifarbenen Gewändern Einzug hält, wird die Orgel verstummen; ich und der Musiklehrer, wir werden uns dann entfernen müssen, damit der Gebieter über alles hier Sichtbare diesen Raum betreten und Besitz von seiner Frau ergreifen kann. Dank unserer Bemühungen und guten Dienste wird Venus dann bereit sein, ihn zu empfangen und zu unterhalten, wie es sei-

nem Vermögen und seinem Rang gebührt. Das heißt mit dem Feuer eines Vulkans, der Sinnlichkeit einer Schlange und den Zärteleien einer Angorakatze.
Der junge Lehrer und ich, wir sind nicht hier, um zu genießen, sondern um zu arbeiten, obwohl sich im Grunde jede wirksam und mit Überzeugung verrichtete Arbeit in Vergnügen wandelt. Unsere Aufgabe besteht darin, die körperliche Freude der Herrin zu wecken, indem wir die Asche jedes einzelnen ihrer fünf Sinne zum Lodern bringen und ihren blonden Kopf mit schmutzigen Phantasien bevölkern. So möchte Don Rigoberto sie gern aus unseren Händen empfangen: glühend vor Begierde, bar aller moralischen und religiösen Vorbehalte, Geist und Körper bebend vor Gelüsten. Diese Aufgabe ist angenehm, aber nicht einfach; sie erfordert Geduld, Finesse und Geschick in der Kunst, das Ungestüm des Triebes mit dem Feinsinn des Geistes und den zärtlichen Gefühlen des Herzens in Einklang zu bringen.
Die geistliche Musik der Orgel mit ihren wiederkehrenden Motiven schafft die geeignete Atmosphäre. Man glaubt gemeinhin, daß die Orgel ob ihrer engen Verbindung mit der Messe und dem religiösen Gesang den gewöhnlichen Sterblichen, den ihre Wellen baden, entsinnlicht oder sogar entkörpert. Ein krasser Irrtum. Denn die Orgelmusik mit ihrem bohrenden Schmachten und ihren sanften Katzenlauten enthebt den Christen lediglich seines Jahrhunderts

und seiner prosaischen Existenz, sie isoliert seinen Geist in einer Weise, daß er sich etwas Ausschließlichem, etwas anderem zuwenden kann: Gott und dem Heil, gewiß, in zahllosen Fällen; aber ebenso, in vielen anderen Fällen, der Sünde, dem Verderben, der Unzucht und sonstigen schaurigen Synonymen dessen, was in diesem einfachen Wort Ausdruck findet: Lust.

Der Klang der Orgel macht unsere Herrin ruhig und andächtig; sanfte Reglosigkeit, ähnlich der Ekstase, bemächtigt sich ihrer; dann schließt sie die Augen, um die Melodie tiefer in sich hineinzulassen, und während die Musik sie mehr und mehr durchdringt, schwinden aus ihrem Bewußtsein die Sorgen und Ärgernisse des Tages, und es leert sich von allem, was nicht Hören, nicht reine Empfindung ist. Dies ist der Beginn. Der Lehrer spielt gewandt und flüssig, ohne Hast, in einem sanften, aufreizenden Crescendo, und er wählt zweideutige Melodien, die uns auf geheimnisvolle Weise in die kargen Zellen entführen, in denen die Zucht des heiligen Bernhard waltet, zu den Straßenprozessionen, die sich unversehens in einen heidnischen Karneval verwandeln, und von dort übergangslos zum gregorianischen Chor einer Abtei oder zur gesungenen Messe einer Kathedrale im Glanz des Kardinalpurpurs und zuletzt zum promiskuosen Maskenball eines Adelshauses außerhalb der Stadt. Der Wein fließt in Strömen, und in den Gar-

tenlauben herrscht verdächtiges Hin und Her. Ein schönes Hirtenmädchen, das auf den Knien eines geilen, dickbäuchigen Alten sitzt, nimmt sich plötzlich die Maske ab. Und wer ist es? Einer der jungen Stallburschen! Oder der androgyne Dorftölpel mit der Rute eines Mannes und den Brüsten einer Frau!
Meine Herrin sieht all diese Bilder, weil ich sie ihr im Takt der Musik mit leiser, lüsterner Stimme ins Ohr flüstere. Weise wie ich bin, übersetze ich ihr die Noten der Orgel, meiner Komplizin, in Formen, Farben, Gestalten und anregende Handlungen. Das tue ich in ebendiesem Augenblick, halb auf ihrem Rükken hockend, während ich mein rosiges kleines Gesicht pfeilspitz über ihre Schulter strecke: ich flüstere ihr sündige Fabeln ein. Geschichten, die sie zerstreuen und zum Lachen bringen, Geschichten, die sie bestürzen und erhitzen.
Der Lehrer darf nicht einen Augenblick von der Orgel ablassen: es geht um seinen Kopf. Don Rigoberto hat ihn gewarnt: »Wenn diese Orgelpfeifen auch nur einen einzigen Augenblick aussetzen, werde ich daraus folgern, daß du der Versuchung der Berührung erlegen bist. Dann werde ich dir diesen Dolch ins Herz stoßen und deinen Leichnam den Bluthunden vorwerfen. Jetzt werden wir erfahren, was stärker ist bei dir, Jüngling: das Verlangen nach meiner Schönen oder die Liebe zu deinem Leben.« Natürlich ist es die Liebe zu seinem Leben.

Aber es ist ihm erlaubt zu schauen, während er die Tasten anschlägt. Ein Privileg, das ihn ehrt und erhebt, das ihm das Gefühl gibt, ein Monarch oder Gott zu sein. Er nutzt es mit wollüstigem Behagen. Zudem erleichtern und ergänzen seine Blicke meine Arbeit: wenn unsere Herrin die inbrünstige Reverenz gewahrt, die ihr die Augen dieses jugendlichen Antlitzes erweisen, und das fiebernde Begehren ahnt, das ihre weichen weißen Formen bei diesem empfindsamen Jüngling wecken, kann sie nicht umhin, eine gewisse Erregung zu verspüren und lüsterne Gefühle in sich aufsteigen zu lassen.

Besonders, wenn der Orgelspieler sie betrachtet, wo er sie betrachtet. Was findet oder sucht der junge Musiker in diesem Venuswinkel? Was versuchen seine jungfräulichen Pupillen zu durchdringen? Was bannt ihn so an dieses Dreieck durchsichtiger Haut, das kleine blaue Adern wie Bächlein durchziehen, beschattet vom enthaarten Hain des Schamhügels? Ich wüßte es nicht zu sagen, und ich glaube, er auch nicht. Aber etwas gibt es dort, das seinen Blick jeden Nachmittag mit schicksalhaftem Zwang oder magischem Zauber anzieht. Etwas wie die Ahnung, daß am Fuß des sonnigen kleinen Venusberges, in der zarten Spalte, die von den gedrechselten Säulen der Oberschenkel unserer Herrin geschützt wird, weich, rötlich, feucht von heimlichem Tau, die Quelle des Lebens und der Lust sprudelt. Sehr bald wird unser

Herr Don Rigoberto sich neigen, um in ihr seine Ambrosia zu trinken. Der Orgelspieler weiß, daß dieser Trank ihm auf immer verboten ist, denn er wird in kurzer Zeit ins Kloster der Dominikaner eintreten. Er ist ein frommer junger Mensch, der schon in seiner zartesten Kindheit den Ruf Gottes vernahm und den nichts und niemand von der Priesterschaft abbringen wird. Obwohl diese Sitzungen in der Abenddämmerung, wie er mir einmal gestand, ihm kalten Schweiß auf die Haut treiben und Dämonen mit weiblichen Brüsten und Hinterbacken durch seine Träume geistern lassen, haben sie seine religiöse Berufung nicht geschwächt. Im Gegenteil: sie haben ihn von der Notwendigkeit überzeugt, auf das Gepränge und das Fleisch dieser Welt zu verzichten, um seine Seele zu retten und anderen zu helfen, die ihre zu retten. Vielleicht schaut er nur deshalb mit solcher Hartnäckigkeit auf den krausen Garten seiner Gebieterin, um sich selbst auf die Probe zu stellen und Gott zu beweisen, daß er imstande ist, auch der teuflischsten aller Versuchungen zu widerstehen: dem unvergänglichen Körper unserer Herrin.

Weder sie noch ich haben diese Gewissensprobleme und moralischen Bedenken. Ich nicht, weil ich ein kleiner heidnischer Gott bin, der noch dazu gar nicht existiert, sondern nur ein Phantasiegebilde der Menschen ist, und sie nicht, weil sie als gehorsame Gattin sich diesen Vorbereitungen auf die eheliche Nacht aus Respekt vor ihrem Gatten unterzieht, der sie bis in ihre kleinsten Einzelheiten plant. Sie ist eben eine Dame, die sich dem Willen ihres Herrn fügt, wie es der christlichen Ehefrau ansteht. Wenn diesen sinnlichen Agapen also etwas Sündiges anhaftet, dann können sie nur die Seele dessen verfinstern, der sie zu seinem eigenen Ergötzen ersinnt und befiehlt.

Auch die feine, kunstvolle Frisur der Herrin mit ihren Locken, Wellen, koketten Strähnen, ihren Erhebungen und Vertiefungen sowie ihrem Schmuck exotischer Perlen ist ein von Don Rigoberto inszeniertes Schauspiel. Er hat den Friseuren genaue Anweisungen gegeben und läßt jeden Tag, wie ein Heerführer seine Truppe, die Juwelen aus der Aussteuer der Herrin Revue passieren, um diejenigen auszuwählen, die in dieser Nacht in ihren Haaren schimmern, um ihren Hals liegen, an ihren durchsichtigen Ohrläppchen hängen, ihre Finger und Handgelenke umspannen sollen. »Du bist nicht du, sondern ein Gebilde meiner Phantasie«, flüstere er ihr zu, wenn er sie liebe, so sagt sie. »Heute bist du nicht Lukrezia, sondern Venus, und nicht mehr Peruanerin, sondern Italienerin, kein irdisches Wesen, sondern Göttin und Symbol.«

Vielleicht verhält es sich so in den ausgeklügelten Schimären Don Rigobertos. Aber sie ist unverändert wirklich, konkret, lebendig wie eine Rose am Zweig oder ein singendes Vögelchen. Ist sie nicht eine schöne Frau? Ja, wunderschön. Vor allem in diesem Augenblick, da ihre Sinne zu erwachen beginnen, geweckt durch die kundige Alchimie der langgehaltenen Orgeltöne, die bebenden Blicke des Musikers und die gepfefferten Verdorbenheiten, die ich ihr ins Ohr träufele. Meine linke Hand, dort auf ihrer Brust, spürt, wie ihre Haut sich mehr und mehr spannt und erhitzt. Ihr Blut beginnt zu kochen. Dies ist der Augenblick, da sie ihre ganze Fülle erlangt oder (um es gebildet zu sagen) das, was die Philosophen das Absolute nennen und die Alchimisten Transsubstanz.

Das Wort, das ihren Körper am besten bezeichnet, lautet: schwellend. Angeregt durch meine unzüchtigen Geschichten, wird alles an ihr Rundung und Wölbung, kurvenreiche Erhebung, mattfarbige Weichheit. Das ist die Konsistenz, auf die der Genießer bei seiner Gefährtin in der Stunde der Liebe hoffen sollte: zarte Fülle, die überfließen zu wollen scheint, aber fest bleibt, locker, elastisch wie die reife Frucht und der frisch geknetete Teig, jene zarte Textur, welche die Italiener *morbidezza* nennen, ein Wort, das selbst dann noch lasziv klingt, wenn man es auf Brot anwendet.

Nun, da sie bereits innerlich entflammt ist und ihr Köpfchen von schlüpfrigen Bildern phosphoresziert, werde ich ihren Rücken hinunterklettern, mich auf der samtweichen Geographie ihres Körpers wälzen, sie mit meinen Flügeln an den geeigneten Stellen kitzeln und wie ein fröhliches kleines Hündchen auf dem lauen Kissen ihres Bauches herumtollen. Meine Bemühungen bringen sie zum Lachen und erhitzen ihren Körper, bis er sich in reine Glut verwandelt. Schon höre ich in der Erinnerung ihr Lachen, das gleich erklingen wird, ein Lachen, das die Seufzer der Orgel zum Verstummen bringt und die Lippen des jungen Lehrers mit klarem Speichel befeuchtet. Wenn sie lacht, werden ihre Brustwarzen hart und steif, als saugte ein unsichtbarer Mund an ihnen, die Muskeln ihres Magens vibrieren unter der glatten, nach Vanille duftenden Haut und lassen den reichen Schatz an Lauheiten und Flüssigkeiten erahnen, der sich in ihrer Tiefe verbirgt. In diesem Augenblick kann meine Stupsnase den Geruch nach ranzigem Käse wahrnehmen, der ihren geheimen Säften entströmt. Der Duft dieses Liebessekrets bringt Don Rigoberto um den Verstand: kniend – sie hat es mir berichtet –, wie ein Betender, nimmt er ihn in sich auf und läßt sich von ihm durchdringen, bis er trunken ist vor Glück. Er sei, so versichert er, ein besseres Aphrodisiakum als all die unreinen, zusammengemischten Elixiere, welche die Hexenmeister und Kupplerinnen dieser Stadt den Liebenden verkaufen. »Solange du so duftest, werde ich dein Sklave sein«, sage er mit der schweren Zunge der Liebestrunkenen zu ihr, sagt sie.

Bald wird die Tür aufgehen, und wir werden das leise Geräusch der Schritte Don Rigobertos auf dem Teppich hören. Bald werden wir ihn an den Rand dieses Lagers treten sehen, um festzustellen, ob wir, ich und der Lehrer, es verstanden haben, die niedere Wirklichkeit dem Höhenflug seiner Phantasie anzunähern. Wenn er das Lachen der Herrin hört, wenn er sie sieht, sie atmet, wird er erkennen, daß etwas dieser Art geschehen ist. Dann wird er eine fast unmerkliche Gebärde der Billigung machen, die für uns das Zeichen zum Aufbruch ist.

Die Orgel wird verstummen; mit einer tiefen Verbeugung tritt der Lehrer ab in den Orangenhof, und ich werde durch das Fenster springen und in die wohlduftende ländliche Nacht davonflattern.

Im Schlafgemach bleiben nur die beiden und die sanften Laute ihres zärtlichen Gefechts.

8. Das Salz seiner Tränen

Justiniana hatte tellergroße Augen und hörte nicht auf zu gestikulieren. Ihre Hände waren wie Propeller.
»Der junge Herr Alfonso sagt, daß er sich umbringen will! Weil Sie ihn nicht mehr liebhaben, sagt er!« Sie blinzelte erschrocken. »Er schreibt Ihnen einen Abschiedsbrief, Señora.«
»Schon wieder einer dieser Scherze, die... die...?« stotterte Doña Lukrezia, während sie ihr im Spiegel der Frisierkommode einen Blick zuwarf. »Du hast nicht vielleicht einen kleinen Vogel und denkst dir das alles aus?«
Aber das Gesicht des Mädchens sah nicht nach Scherzen aus. Doña Lukrezia, die gerade dabei gewesen war, sich die Augenbrauen zu zupfen, ließ die Pinzette zu Boden fallen und stürzte ohne weitere Fragen die Treppe hinunter, gefolgt von Justiniana. Die Tür des Kinderzimmers war zugesperrt. Die Stiefmutter klopfte an. »Alfonso, Alfonsito.« Es kam keine Antwort, noch hörte man innen irgendeinen Laut.
»Foncho! Fonchito!« beharrte Doña Lukrezia und klopfte erneut. Sie spürte, wie es ihr kalt den Rücken hinunterlief. »Mach auf! Geht's dir gut? Warum antwortest du nicht? Alfonso!«
Der Schlüssel drehte sich knarrend im Schloß, aber die Tür ging nicht auf. Doña Lukrezia atmete tief durch. Sie hatte wieder festen Boden unter den Fü-

ßen, die Welt ordnete sich von neuem, nachdem sie ein rutschiges Chaos gewesen war.
»Laß mich allein mit ihm«, befahl sie Justiniana.
Sie trat ins Zimmer und schloß die Tür hinter sich. Sie bemühte sich, die Empörung zu zügeln, die jetzt in ihr aufstieg, da der Schreck vorbei war.
Der Junge, noch mit dem Hemd und der Hose der Schuluniform bekleidet, saß mit gesenktem Kopf an seinem Arbeitstisch. Er blickte auf und schaute sie an, reglos und traurig, schöner denn je. Obwohl noch immer Helligkeit durch das Fenster drang, hatte er die kleine Lampe eingeschaltet, und in dem goldenen Lichtkreis, der auf das grünliche Löschpapier fiel, erblickte Doña Lukrezia einen halbfertigen Brief mit noch glänzender Tinte und einen offenen Füllfederhalter neben seiner kleinen Hand mit den fleckigen Fingern.
Sie ging mit langsamen Schritten auf ihn zu.
»Was machst du da?« fragte sie leise.
Ihre Stimme und ihre Hände zitterten, ihre Brust hob und senkte sich.
»Einen Brief schreiben«, erwiderte das Kind rasch mit fester Stimme. »An dich.«
»An mich?« fragte sie lächelnd und versuchte, geschmeichelt zu wirken. »Kann ich ihn schon lesen?«
Alfonso legte seine Hand auf das Papier. Er hatte zerzauste Haare und war sehr ernst.

»Noch nicht.« In seinem Blick lag eine erwachsene Entschlossenheit, und seine Stimme klang herausfordernd. »Es ist ein Abschiedsbrief.«

»Ein Abschiedsbrief? Aber gehst du denn weg, Fonchito?«

»Ich bring mich um«, hörte Doña Lukrezia ihn sagen, während er sie unverwandt anschaute, ohne sich zu rühren. Aber nach einigen Sekunden fiel seine Fassung in sich zusammen, und seine Augen wurden feucht: »Weil du mich nicht mehr lieb hast, Stiefmutter.«

Der halb schmerzliche, halb aggressive Ton, mit dem er sprach, während sein kleines Gesicht sich zu einer Schippe verzog, deren er vergeblich Herr zu werden versuchte, die Worte eines verlassenen Liebhabers, die er benutzte und die so wenig zu der kleinen bartlosen Gestalt in kurzen Hosen passen wollten, entwaffneten Doña Lukrezia. Sie verharrte stumm, mit offenem Mund, und wußte nicht, was sie antworten sollte.

»Aber was sagst du denn da für Dummheiten, Fonchito«, murmelte sie schließlich, nur halbwegs gefaßt. »Ich soll dich nicht liebhaben? Aber mein Herz, du bist doch wie mein Sohn. Ich hab dich ...«

Sie verstummte, weil Alfonso, der ihr entgegengesunken war und ihre Taille umschlungen hielt, plötzlich in Tränen ausbrach. Er schluchzte, das Gesicht an Doña Lukrezias Bauch gepreßt, den kleinen Körper von Seufzern geschüttelt, mit dem angstvollen Japsen eines jungen hungrigen Hundes. Jetzt war er wirklich ein Kind; die Verzweiflung, mit der er weinte, und die Schamlosigkeit, mit der er sein Leiden ausbreitete, ließen keinen Zweifel daran. Doña Lukrezia, die gegen die Rührung ankämpfte, die ihr den Hals zusammenschnürte, und deren Augen schon feucht geworden waren, strich ihm zärtlich über die Haare. Verwirrt, zwischen widerstreitenden Gefühlen schwankend, hörte sie, wie er stotternd und klagend sein Herz ausschüttete.

»Seit Tagen sprichst du nicht mehr mit mir. Ich frag dich was, und du drehst dich um. Ich darf dir keinen Guten-Morgen-Kuß und keinen Gute-Nacht-Kuß mehr geben, und wenn ich von der Schule komme, schaust du mich an, als würde es dich stören, daß ich nach Hause komme. Warum, Stiefmutter? Was hab ich dir getan?«

Doña Lukrezia widersprach ihm und küßte ihn auf das Haar. Nein, Fonchito, nichts davon stimmt. Wie empfindlich du bist, mein Kleines. Sie versuchte es ihm so schonend wie möglich zu erklären. Wie könnte sie ihn denn nicht liebhaben? Sehr, sehr lieb, mein Herzchen. Sie war doch in allem für ihn da und dachte immer an ihn, wenn er in der Schule war oder mit seinen Freunden Fußball spielte. Es war nur einfach nicht gut, daß er so an ihrem Rockzipfel hing, daß er sich so sehr nach seiner Stiefmutter verzehrte.

Es konnte ihm schaden, Dummerchen, so impulsiv und heftig zu empfinden. Gefühlsmäßig gesehen, war es besser, wenn er nicht so sehr von jemandem wie ihr abhing, die so viel älter war als er. Seine Zuneigung, seine Interessen sollten sich auf andere Personen verteilen, sich vor allem den Kindern seines Alters, seinen Freunden, seinen Cousins zuwenden. Auf diese Weise würde er rascher wachsen, eine eigene Persönlichkeit entwickeln, der gestandene junge Mann werden, auf den sie und Don Rigoberto dann später so stolz sein würden.

Aber etwas in Doña Lukrezias Herzen widersprach den eigenen Worten. Sie war sicher, daß auch das Kind ihnen keine Beachtung schenkte. Vielleicht hörte es sie nicht einmal. ›Ich glaube kein Wort von dem, was ich ihm sage‹, dachte sie. Jetzt, da die Schluchzer aufgehört hatten, obwohl ihm noch ab und zu ein tiefer Seufzer entfuhr, schien sich Alfonsito auf die Hände seiner Stiefmutter zu konzentrieren. Er hielt sie gefaßt und küßte sie langsam, schüchtern, mit Inbrunst. Dann rieb er sie an seiner samtweichen Wange, und Doña Lukrezia hörte ihn leise murmeln, als spräche er nur zu den zarten Fingern, die er fest drückte: »Ich hab dich sehr lieb, Stiefmutter. Sehr, sehr lieb... Du darfst mich niemals wieder so behandeln wie in den letzten Tagen, sonst bring ich mich um. Ich schwör dir, ich bring mich um.«

Und dann war es, als würde plötzlich ein Damm in ihr brechen und ein wilder Strom gegen ihre Vorsicht und ihre Vernunft anfluten, sie überschwemmen und uralte, niemals in Zweifel gezogene Grundsätze, ja ihren Selbsterhaltungstrieb in nichts auflösen. Sie ging in die Hocke, stützte ein Knie auf den Boden, um auf gleicher Höhe mit dem Kind zu sein, und umarmte und liebkoste es, frei von Hemmungen, mit dem Gefühl, eine andere zu sein und im Herzen eines Sturms zu stehen.

»Nie wieder«, wiederholte sie mit Mühe, denn vor lauter Aufregung konnte sie kaum die Worte artikulieren. »Ich verspreche dir, daß ich dich nie wieder so behandeln werde. Die Kälte in diesen Tagen war gespielt, mein Kleines. Wie dumm ich gewesen bin, ich wollte dir etwas Gutes tun und hab dir weh getan. Verzeih mir, mein Herz ...«

Und während sie dies sagte, küßte sie ihn auf sein zerwühltes Haar, auf die Stirn, auf die Wangen und spürte auf ihren Lippen das Salz seiner Tränen. Als der Mund des Kindes den ihren suchte, verweigerte sie ihn nicht. Sie schloß halb die Augen, ließ sich küssen und erwiderte seinen Kuß. Nach einer Weile faßten die Lippen des Kindes Mut und wurden hartnäckiger, drängender: da öffnete sie die ihren und ließ zu, daß eine nervöse kleine Schlange, zunächst ungeschickt und ängstlich, dann immer kühner, ihren Mund erkundete, ihn über ihr Zahnfleisch und ihre Zähne hinweg von einer Seite zur anderen durcheilte, und sie stieß auch die Hand nicht zurück, die sie plötzlich auf einer ihrer Brüste spürte. Dort verharrte sie einen Augenblick, still, als wollte sie Kraft schöpfen; dann bewegte sie sich, machte sich hohl und liebkoste sie in einer respektvollen Bewegung, mit zartem Druck. Obwohl im tiefsten Innern eine Stimme sie drängte, aufzustehen und fortzugehen, rührte sich Doña Lukrezia nicht. Vielmehr drückte sie das Kind an sich und küßte es hemmungslos, mit einer Heftigkeit und einer Freiheit, die im Rhythmus ihres Verlangens zunahmen. Bis sie wie im Traum das Bremsen eines Autos hörte und kurz darauf die Stimme ihres Mannes, der sie rief.

Entsetzt sprang sie auf; ihre Angst wirkte ansteckend auf das Kind, in dessen Augen der Schreck geschrieben stand. Sie sah Alfonsos durcheinandergeratene Kleidung, die Spuren von Lippenstift auf seinem Mund. »Geh dich waschen«, befahl sie ihm hastig mit einer Kopfbewegung, und das Kind nickte und lief ins Badezimmer.

Sie verließ das Zimmer mit einem Gefühl von Schwindel, durchquerte beinahe stolpernd den kleinen Salon, der auf den Garten hinausging, und schloß sich in der Besuchertoilette ein. Ihre Knie waren weich, als wäre sie gerannt. Als sie ihr Gesicht im Spiegel erblickte, überkam sie ein hysterischer Lachanfall, den sie erstickte, indem sie sich den Mund zuhielt.

›Törichtes Weib, verrücktes Weib‹, beschimpfte sie sich, während sie das Gesicht mit kaltem Wasser befeuchtete. Dann setzte sie sich auf das Bidet und ließ eine ganze Weile das Wasser laufen. Sie unterzog sich einer peinlich genauen Reinigung, ordnete ihre Kleidung und ihre Gesichtszüge und blieb dort, bis sie sich wieder völlig gelassen fühlte und die Gewalt über ihr Gesicht und ihre Mimik zurückgewonnen hatte. Als sie hinausging, um ihren Mann zu begrüßen, war sie frisch und heiter, als wäre ihr nichts Außergewöhnliches zugestoßen. Aber obwohl sie Don Rigoberto ebenso liebevoll und fürsorglich erschien wie jeden Tag, überströmend vor Zärtlichkeiten und Aufmerksamkeiten, und er ihren Anekdoten vom Tage mit dem gleichen Interesse wie immer lauschte, nagte in Doña Lukrezia ein verborgenes Unbehagen, das sie nicht einen Augenblick verließ, eine Verstimmung, die ihr von Zeit zu Zeit einen Schauer über den Rücken jagte und ein hohles Gefühl im Bauch verursachte.

Das Kind aß mit ihnen zu Abend. Es war zurückhaltend und brav, wie gewohnt. Mit übermütigem Lachen freute es sich über die Witze seines Vaters und bat ihn sogar, ihnen noch mehr zu erzählen, »die mit schwarzem Humor, Papa, die ein bißchen unanständig sind«. Als ihre Augen sich mit den seinen trafen, stellte Doña Lukrezia verwundert fest, daß sie in diesem unbefangenen blaßblauen Blick nicht den Schat-

ten einer Wolke, nicht das winzigste spitzbübische oder komplizenhafte Funkeln gewahrte.
Stunden später, in der dunklen Intimität des Schlafzimmers, flüsterte Don Rigoberto einmal mehr, daß er sie liebe, und während er sie mit Küssen bedeckte, dankte er ihr für all die Tage und Nächte, für das unendliche Glück, das sie ihm schenke. »Seitdem wir geheiratet haben, lerne ich leben, Lukrezia«, hörte sie ihn schwärmerisch sagen. »Wenn es dich nicht gäbe, wäre ich gestorben, ohne all das zu erfahren, ohne überhaupt zu ahnen, was das wirklich ist: Sinnenlust.« Sie nahm seine Worte bewegt und glücklich auf, aber auch jetzt konnte sie nicht aufhören, an das Kind zu denken. Doch die Nähe dieses Eindringlings, die engelhafte Gegenwart dieses fremden Blicks verringerte ihren Genuß nicht, sondern gab ihm vielmehr eine verwirrende, feurige Würze.
»Fragst du mich nicht, wer ich bin?« murmelte Don Rigoberto schließlich.
»Wer, wer mein Liebling?« antwortete sie ihm mit der gebotenen Ungeduld, um ihn zu ermutigen.
»Na, ein Monstrum«, hörte sie ihn sagen, schon weit entfernt, unerreichbar im Flug seiner Phantasie.

9. Menschenähnlichkeit

Das linke Ohr habe ich durch einen Biß verloren, als ich mit einem anderen menschlichen Wesen kämpfte, glaube ich. Aber durch den schmalen Spalt, der mir geblieben ist, höre ich deutlich die Geräusche der Welt. Auch die Dinge sehe ich, wenngleich schief und mit Mühe. Denn dieser bläuliche Wulst links von meinem Mund, ist, auch wenn es auf den ersten Blick nicht so aussieht, ein Auge. Daß es dort ist, daß es funktioniert, daß es Formen und Farben wahrnimmt, ist ein Wunder der medizinischen Wissenschaft, ein Zeugnis des außergewöhnlichen Fortschritts unserer Zeit. Ich müßte eigentlich zu ewiger Dunkelheit verurteilt sein seit jenem großen Brand – ich weiß nicht mehr, ob ein Bombenangriff oder ein Attentat ihn auslöste –, in dem alle Überlebenden der Oxyde wegen das Augenlicht und die Haare verloren. Ich hatte das Glück, nur ein Auge zu verlieren; das andere wurde nach sechzehn Eingriffen von den Augenärzten gerettet. Es hat keine Wimpern und tränt häufig, aber dank ihm kann ich mich durch Fernsehen zerstreuen und vor allem rasch das Erscheinen des Feindes ausmachen.

Der gläserne Würfel, in dem ich mich befinde, ist mein Zuhause. Ich sehe durch seine Wände hindurch, aber von außen kann mich niemand sehen: ein sehr geeignetes System für die Sicherheit des Heims in dieser Zeit schrecklicher Nachstellungen. Die Glaswände meiner Bleibe sind natürlich kugelsicher, keimsicher, strahlensicher und schalldicht. Sie sind immer mit einem Duft nach Achselschweiß und Moschus parfümiert, der mich – und nur mich, ich weiß – mit Behagen erfüllt.

Ich besitze einen sehr entwickelten Geruchssinn: durch die Nase erfahre ich höchste Lust und höchstes Leid. Soll ich es Nase nennen, dieses häutige, gewaltige Organ, das alle, selbst die feinsten Gerüche registriert? Ich meine die gräuliche, mit weißem Grind überzogene Ausbeulung, die an meinem Mund beginnt und sich, größer werdend, bis zu meinem Stierhals hinabzieht. Nein, es ist nicht die Schwellung des Kropfes oder ein durch Akromegalie aufgeblähter Adamsapfel. Es ist meine Nase. Ich weiß, daß sie weder schön noch nützlich ist, denn ihre übermäßige Empfindlichkeit läßt sie mir zur unbeschreiblichen Marter geraten, wenn eine Ratte in der Nähe verfault oder stinkender Unrat durch die Rohre fließt, die sich durch mein Heim ziehen. Dennoch verehre ich sie, und mitunter denke ich, daß meine Nase der Sitz meiner Seele ist.

Ich habe weder Arme noch Beine, aber meine vier Stummel sind gut vernarbt und verhärtet, so daß ich mich leicht auf dem Boden fortbewegen, ja sogar rennen kann, wenn es nötig ist. Meinen Feinden ist es bislang noch bei keiner Verfolgung gelungen, mich einzuholen. Wie ich die Hände und Füße verloren habe? Ein Arbeitsunfall, womöglich; oder vielleicht ein Medikament, das meine Mutter geschluckt hat, um eine problemlose Schwangerschaft zu erleben (die Wissenschaft ist leider nicht in allen Fällen erfolgreich).

Mein Geschlecht ist unversehrt. Ich kann den Liebesakt vollziehen, unter der Bedingung, daß der Knabe oder die Frau, die als *partenaire* dienen, mir eine Körperhaltung erlauben, bei der meine Furunkel nicht ihren Körper berühren, denn wenn sie aufplatzen, entströmt ihnen stinkender Eiter, und ich leide entsetzliche Schmerzen. Ich treibe es gern, ich würde sogar sagen, ich bin so etwas wie ein Wollüstling. Zwar erlebe ich so manches Fiasko oder nicht selten die Schmach der vorzeitigen Ejakulation. Aber andere Male habe ich mehrfache, langanhaltende Orgasmen, die mir das Gefühl geben, schwerelos und strahlend zu sein wie der Erzengel Gabriel. Der Abscheu, den ich meinen Liebespartnern einflöße, wandelt sich in Anziehungskraft und sogar in Ekstase, wenn sie erst einmal – meist mit Hilfe von Alkohol oder Drogen – die anfängliche Befangenheit überwunden haben und bereit sind, sich mit mir auf einem Bett zu verflechten. Die Frauen lieben mich am Ende, und die jungen Burschen finden ein lasterhaftes Gefallen an meiner Häßlichkeit. Im Grunde ihrer Seele war die Schöne immer von der Bestie fasziniert, wie so viele Fabeln und Mythologien bezeugen, und selten findet sich ein schmucker Jüngling, in dessen Herzen nicht etwas Perverses nistet. Keiner meiner Liebespartner hat sich je beklagt, es gewesen zu sein. Die einen wie die anderen danken mir, daß ich sie in den raffinierten Kombinationen des Grauens und des Begehrens unterwiesen habe, aus denen sich Lust gewinnen läßt. Bei mir haben sie gelernt, daß alles erogen ist und sein kann, daß noch die niedrigste Körperfunktion, selbst die des Unterleibes, sich vergeistigt und veredelt, wenn sie mit der Liebe verbunden ist. Der Tanz der Partizipien, den sie mit mir tanzen – rülpsend, urinierend, scheißend –, begleitet sie danach wie eine melancholische Erinnerung an vergangene Zeiten, an den Abstieg in den Schmutz (eine Sache, die alle reizt und die so wenige wagen), den sie in meiner Gesellschaft unternommen haben.

Die größte Quelle meines Stolzes ist mein Mund. Es stimmt nicht, daß er weit aufgerissen ist, weil ich vor Verzweiflung schreie. Ich halte ihn offen, um meine weißen, scharfen Zähne zu zeigen. Würden sie nicht jedermanns Neid erregen? Mir fehlen gerade nur zwei oder drei. Die anderen sind wohlerhalten, kräftig und blutgierig. Wenn es sein muß, zermalmen sie Steine. Aber sie weiden sich lieber an Brust und Hinterteilen von Kälbern, schlagen sich lieber in Brüstchen und Schenkel von Hennen und Kapaunen oder in die Kehlen kleiner Vögel. Fleisch zu essen ist ein Vorrecht der Götter.

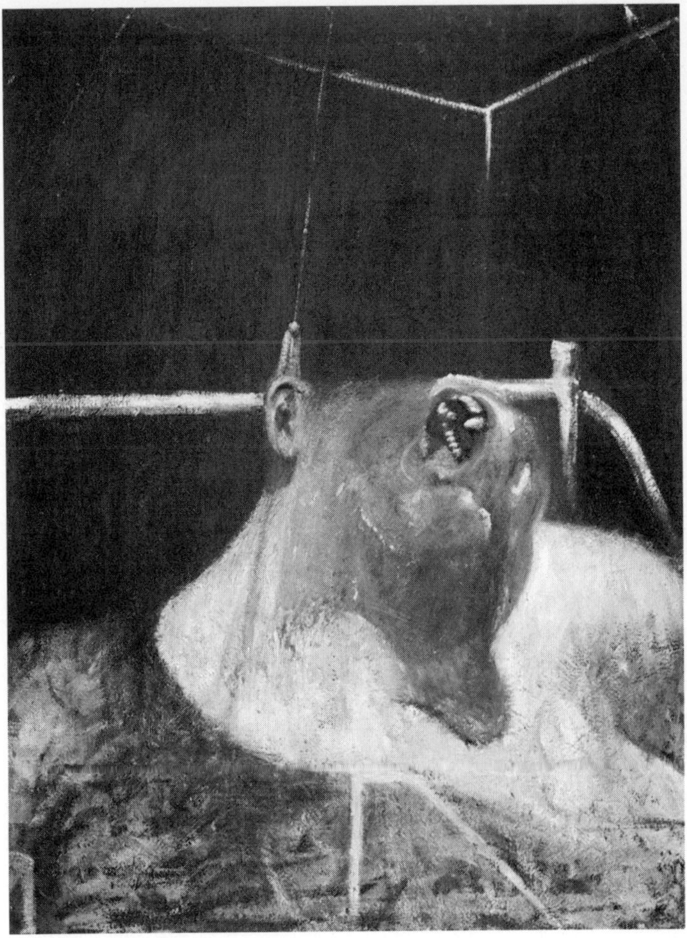

Ich bin weder unglücklich, noch möchte ich Mitleid erregen. Ich bin, wie ich bin, und das genügt mir. Zu wissen, daß andere schlimmer dran sind, ist natürlich ein großer Trost. Es ist möglich, daß Gott existiert, aber hat das in diesem Augenblick der Geschichte, nach allem, was uns zugestoßen ist, irgendeine Bedeutung? Die Welt hätte womöglich besser sein können, als sie ist? Ja, vielleicht, aber warum sich diese Frage stellen? Ich habe überlebt und gehöre, dem äußeren Schein zum Trotz, der menschlichen Gattung an.

Schau mich genau an, mein Liebling. Erkenne mich, erkenne dich.

10. Knollenförmig und sinnlich

»Es war einmal ein Mann, der klebte an einer Nase«, rezitierte Don Rigoberto und begann mit dieser poetischen Anrufung die Donnerstags-Zeremonie. Dabei fiel ihm José María Eguren ein, der zierliche Wolkenkuckucksheimpoet, der das Wort »Nase« als phonetisch vulgär empfand, es französierte und in seinen Gedichten durch *nez* ersetzte.
War seine Nase sehr häßlich? Das kam darauf an, durch welches Glas man sie betrachtete. Sie war rund und adlerhaft gebogen, ohne Minderwertigkeitskomplex, neugierig auf die Welt, sehr empfindlich, knollenförmig und ornamental. Don Rigobertos Pflege und Vorsorge zum Trotz wurde sie dann und wann von einer Schar Mitesser entstellt, aber nach dem Spieglein zu urteilen, war diese Woche nicht ein einziger erschienen, den es auszudrücken, auszutreiben und danach mit Wasserstoffperoxid zu desinfizieren galt. Durch eine unerklärliche Laune der Haut zeigte ein guter Teil der Nase, vor allem am unteren Ende, wo sie sich krümmte und zu zwei Fenstern öffnete, einen roten Schimmer von der Farbe alten Burgunders, wie er den Trinker verrät. Aber Don Rigoberto trank ebenso maßvoll, wie er aß, so daß diese Röte nach seinem Dafürhalten ihren Grund nur in den willkürlichen Einfällen und Anwandlungen der Dame Natur haben konnte. Es sei denn – das Gesicht des Ehemannes von Doña Lukrezia verzog sich zu einem breiten Lächeln –, seine empfindliche

Riesennase erröte in steter Erinnerung an die libidinösen Verrichtungen, denen sie im ehelichen Bett nachging. Don Rigoberto sah, daß die beiden Öffnungen seines Atmungsorgans sich sogleich verengten, im Vorgefühl jener Samenbrisen – ›emulgierende Wohlgerüche‹, dachte er –, die in Kürze dort hindurchwehen und ihn bis ins Mark durchdringen würden. Er fühlte sich matt und dankbar. An die Arbeit also, alles zu seiner Zeit und an seinem Ort: der Moment der Respiration ist noch nicht gekommen, du Filou.

Er schneuzte sich kräftig in sein Taschentuch, zuerst die eine, dann die andere Seite, wobei er mit dem Zeigefinger jeweils den anderen Nasengang zuhielt, bis er sicher war, daß seine Nase frei war von Schleim und Gewebewasser. Dann, in der linken Hand die Philatelistenlupe, die ihm zur Erkundung der erotischen Postkarten und Stiche seiner Sammlung und für die Feinarbeiten der Körperpflege diente, und in der rechten Hand die Nagelschere, machte er sich daran, seine Nasenlöcher von jenen unästhetischen Härchen zu befreien, die schon wieder ihre schwarzen Köpfchen herauszustrecken begannen, obwohl sie erst vor sieben Tagen geköpft worden waren. Die Aufgabe verlangte die Konzentration eines orientalischen Miniaturenmalers, wenn man sie glücklich zu Ende führen und sich nicht schneiden wollte. Bei Don Rigoberto erzeugte sie eine angenehme geistige

Abgeklärtheit, beinahe so etwas wie den Zustand der »Leere und Fülle«, der von den Mystikern beschrieben wird.

Der eiserne Wille, der willkürlichen Launen seines Körpers Herr zu werden und ihn mit Hilfe verschiedener Verfahren der Entfernung, Beschneidung, Ausscheidung, Befeuchtung, Reibung, Scherung, Glättung usw., die er mit der Zeit beherrschen gelernt hatte wie ein Meister sein Handwerk, zu einer Existenz zu zwingen, die gewissen ästhetischen Normen gehorchte und bestimmte, von seinem – und in gewisser Weise Lukrezias – souveränen Geschmack gesetzte Grenzen nicht überschritt, isolierte ihn vom Rest der Menschheit und erzeugte bei ihm jenes wunderbare Gefühl – das im Augenblick der Begegnung mit seiner Frau in der Dunkelheit des Schlafzimmers seinen Höhepunkt erreichen würde –, aus der Zeit herausgetreten zu sein. Es war mehr als ein Gefühl: eine körperliche Gewißheit. All seine Zellen waren in diesem Augenblick befreit – plaff! plaff! machten die silbrigen Blätter der Nagelschere, und plaff! plaff! segelten die abgeschnittenen Härchen langsam, schwerelos durch die Luft, plaff! plaff! von seiner Nase in den Wasserwirbel des Waschbeckens, plaff! plaff! –, im Schwebezustand, frei von der Abnutzung alles Geschehenden, vom Alptraum des Seienden. Darin lag die magische Kraft des Ritus, wie sie die primitiven Menschen in den Anfängen der Geschichte entdeckt hatten: er verwandelte den Menschen einige ewige Augenblicke lang in pures Dasein. Er hatte diese Weisheit allein, auf eigene Rechnung und Gefahr, wiederentdeckt. Er dachte: ›Die Möglichkeit, sich vorübergehend der vulgären Dekadenz, den kollektiven Zwängen der Zivilisation und den abscheulichen Konventionen der Herde zu entziehen und für eine kurze Zeitspanne pro Tag ein allerhöchstes Wesen zu werden.‹ Er dachte: ›Eine Vorwegnahme der Unsterblichkeit.‹ Das schien ihm nicht übertrieben. In diesem Augenblick fühlte er sich – plaff! plaff! plaff! plaff! – unvergänglich; und bald, zwischen den Armen und Beinen seiner Frau, würde er sich wie ein Herrscher fühlen. Er dachte: ›Wie ein Gott.‹

Das Badezimmer war sein Tempel; das Waschbecken der Opferaltar; er war der Oberpriester und zelebrierte die Messe, die ihn jeden Abend läuterte und vom Leben erlöste. ›Gleich werde ich Lukrezias würdig sein und mich bei ihr befinden‹, sagte er sich. Er betrachtete seine kräftige Nase und sprach warmherzig zu ihr: »Ich sage dir, gleich werden wir beide im Paradies sein, meine kleine Räuberin.« Seine beiden Nasenlöcher weiteten sich begierig im Vorgefühl künftiger Genüsse. Aber statt der ergreifenden intimen Düfte der Hausherrin rochen sie den aseptischen Geruch von Seifenwasser, mit dem sich Don Rigoberto jetzt mittels komplizierter manueller Besprengungen und pferdeartiger Kopfbewegungen das ausgezupfte Innere seiner Nase reinigte.

Nun, da der heikle Teil des Nasenritus beendet war, konnte sein Geist sich abermals dem Phantasieren hingeben, und er assoziierte plötzlich das nahe Ehebett, auf dem Lukrezia in seiner Erwartung ruhte, mit dem unaussprechlichen Namen des holländischen Historikers und Essayisten Johan Huizinga. Einer seiner Essays hatte ihm aus tiefster Seele gesprochen, und er war überzeugt, daß er für ihn, für sie, für sie beide geschrieben worden war. Während er sich das Naseninnere mit Hilfe eines Tropffläschchens mit klarem Wasser ausspülte, fragte Don Rigoberto sich: ›Ist unser Bett nicht der magische Raum, von dem *Homo ludens* spricht?‹ Ja, par excellence. Dem Holländer zufolge waren Kultur, Zivilisation, Krieg, Sport, Recht, Religion aus diesem uralten Bereich hervorgegangen, bildeten sie positive oder perverse Verästelungen und Auswüchse der unwiderstehlichen Neigung des Menschen zum Spiel. Eine lustige Theorie, zweifellos; subtil auch, wenngleich sicherlich falsch. Aber der schamhafte Humanist hatte diese geniale Eingebung nicht vertieft und auf die Domäne angewandt, die sie bestätigte, wo fast alles in ihrem Licht Klarheit gewann.

›Magischer Raum, weibliches Territorium, Wald der Sinne‹ – er suchte nach Metaphern für das kleine Land, das Lukrezia in diesem Augenblick bewohnte.

›Mein Reich ist ein Bett‹, befand er. Dabei spülte er sich die Hände und trocknete sie ab. Die geräumige, dreischläfrige Matratze erlaubte dem Paar, sich bequem in die eine oder die andere Richtung zu bewegen und sich zu strecken und sogar in selbsttätiger, fröhlicher Umarmung hin und her zu rollen, ohne auf den Boden zu fallen. Sie war weich, aber straff, kräftig gefedert und so perfekt nivelliert, daß jedes Körperglied über sie hingleiten konnte, ohne auf die geringste Unebenheit, das winzigste Hindernis zu stoßen, das einer bestimmten Gymnastik, Position, Verwegenheit oder skulpturalen Parodie während der Liebesspiele entgegenstand. ›Abtei der Unkeuschheit‹, improvisierte Don Rigoberto inspiriert. ›Matratzen-Garten, in dem die Blüten meiner Frau sich öffnen und für diesen privilegierten Sterblichen ihre geheimen Essenzen verströmen.‹
Er sah in dem kleinen Spiegel, daß seine Nasenlöcher zu pulsieren begonnen hatten, wie zwei kleine hungrige Schlünde. ›Laß mich dich atmen, mein Liebling.‹ Er würde sie vom Kopf bis zu den Füßen riechen und atmen, sorgsam und beharrlich, und an gewissen Stellen mit eigenem, besonderem Aroma lange verweilen und über andere, fade, rasch hinweggehen; er würde sie nasal ausforschen und lieben und sie zuweilen unter ersticktem Lachen protestieren hören: »Da nicht, mein Liebling, du kitzelst mich.« Don Rigoberto verspürte eine leise Anwandlung von

Ungeduld. Aber er beeilte sich nicht: Hoffen und Harren macht keinen zum Narren, sondern bereitet darauf vor, mit mehr Sinn und Verstand zu genießen.

Er gelangte gerade zu den letzten Dingen der Zeremonie, als durch die Fensterritzen, vom Garten herauf, der durchdringende Geruch des Geißblatts in seine Nase stieg. Er schloß die Augen und atmete ein. Er war aufrührerisch, der Duft dieser kapriziösen Kletterpflanze. Tagelang blieb sie verschlossen, ohne ihr grünes Aroma freizugeben, als wollte sie es horten und aufladen; dann plötzlich, zu bestimmten mysteriösen Augenblicken des Tages oder der Nacht, angeregt von der Feuchtigkeit der Umgebung oder den Bewegungen der Gestirne oder gewissen verborgenen Umwälzungen dort unten im Schoß der Erde, wo ihre Wurzeln zu Hause waren, entlud sie diesen süßherben, verwirrenden Hauch auf die Welt, der an braunhäutige Frauen mit langem, gewelltem Haar und an Tänze denken ließ, bei denen man im entfesselten Wirbel der Röcke samtige Schenkel, dunkle Hinterbacken, feine Knöchel und, gleich einem flinken Irrlicht, das Gewirr eines buschigen Schamhügels erkennen konnte.

Jetzt – Don Rigoberto hielt die Augen geschlossen, und es war, als sei die ganze Energie aus seinem übrigen Körper gewichen, um sich in sein Fortpflanzungs- und in sein Riechorgan zu flüchten –, jetzt sogen seine Nasenlöcher den Geißblattgeruch von Doña Lukrezia ein. Und während der laue, komprimierte Duft mit seinen Anklängen an Moschus, Weihrauch, Sauerkraut, Anis, marinierten Fisch, aufblühende Veilchen und jungfräulichen Schweiß wie eine pflanzliche Emanation oder schwefelige Lava in sein Gehirn stieg und es vor Verlangen explodieren ließ, konnte seine Nase, zur Mimose verwandelt, auch jenes geliebte Blatt spüren, die klebrige Berührung der Spalte brennender Lippen, das Kitzeln des feuchten Vlieses, dessen seidige Fasern in seine Nasenöffnungen stachen und das dunstige Narkotikum, das dem Körper seiner Geliebten entstieg, noch stärker wirken ließ.

Unter großer geistiger Anstrengung – er wiederholte mit lauter Stimme den pythagoreischen Lehrsatz – bezwang er auf halbem Wege die Erektion, die das verliebte Köpfchen zu entblößen begann. Er bespritzte es mit ein paar Handvoll kaltem Wasser, beruhigte es und beförderte es, eingeschrumpft, in seine verschwiegene faltige Hülle zurück. Dann betrachtete er zärtlich den weichen Zylinder, der, nunmehr gelassen, elastisch, leicht hin und her schwingend wie der Klöppel einer Glocke, seinen Unterleib verlängerte, und sagte sich wieder einmal, was für ein großes Glück es war, daß seine Eltern nicht auf den Gedanken gekommen waren, ihn beschneiden zu lassen: seine Vorhaut war eine emsige Erzeugerin

wohliger Gefühle, und er war sicher, daß seine Liebesnächte ohne diese zarte Membran ärmer gewesen wären und ihr Verlust vielleicht nicht minder gravierend sein würde, als wenn ihm durch Hexerei der Geruchssinn abhanden käme.
Und plötzlich mußte er an jene extravaganten Spinner denken, für die das Einatmen ungewöhnlicher, von den meisten Menschen als widerlich empfundener Gerüche nicht minder lebensnotwendig war als Essen und Trinken. Er versuchte sich den Dichter Friedrich Schiller vorzustellen, wie er seine empfindliche Nase begierig in die fauligen Äpfel steckte, die ihn anregten und auf das dichterische Schaffen und die Liebe einstimmten, so wie Don Rigoberto sich von seinen erotischen Figurinen beflügeln ließ. Dann richtete er seine Phantasie auf das beunruhigende Privatrezept des eleganten Historikers der Französischen Revolution, Michelet – eine seiner Launen bestand darin, seine Geliebte Athéné beim Menstruieren zu beobachten –, der, wenn Müdigkeit und Lustlosigkeit ihn übermannten, die Manuskripte, Pergamente und Karteikarten seines Studierzimmers verließ und sich heimlich, wie ein Dieb, zu den Latrinen des Hauses schlich. Don Rigoberto sah ihn vor sich: mit Weste, Gehrock mit zwei Schößen, Überschuhen und vielleicht Tuchkrawatte kniete er ehrfürchtig vor der Kloschüssel und atmete mit kindlichem Genuß die stinkenden Miasmen ein, die ihm,

sobald sie in das Gekröse seines romantischen Gehirns gelangt waren, wieder zu Begeisterung und Tatkraft, körperlicher und geistiger Frische, intellektuellem Impetus und großherzigen Idealen verhalfen. ›Was bin ich doch normal, verglichen mit diesen Originalen‹, dachte er. Aber er fühlte sich nicht entmutigt oder unterlegen. Die Glückseligkeit, die er in seinen einsamen hygienischen Exerzitien und vor allem in der Liebe seiner Frau gefunden hatte, schien ihm Ausgleich genug für seine Normalität. Wozu sollte er reich, berühmt, extravagant, genial sein, wenn er das besaß? Das bescheidene Dunkel, als das sein Leben sich den anderen darbot, die routinehafte Existenz als Geschäftsführer einer Versicherungsgesellschaft, verbarg etwas, das, wie er sicher wußte, wenige seinesgleichen genossen oder von dem sie überhaupt ahnten, daß es existierte: das mögliche Glück. Vergänglich und verborgen, gewiß, winzigklein sogar, aber wahr, greifbar, nächtlich, lebendig. In diesem Augenblick spürte er es wie eine Aureole, die ihn umgab, und in wenigen Minuten würde er das Glück sein, und das Glück würde auch seine Frau mit ihm sein und mit dem Glück, vereint in ihrer beider tiefen Dreieinigkeit, in der die Lust sie eins oder besser drei werden ließ. Hatte er vielleicht das Mysterium der Dreieinigkeit gelöst? Er lächelte: nun mal halblang, du Schlauberger. Es war nur eine kleine Lebensweisheit, um den Enttäuschungen und

Widerwärtigkeiten, mit denen das Leben gespickt war, hin und wieder ein Gegengift entgegenzusetzen. Er dachte: ›Die Phantasie unterläuft das Leben, Gott sei Dank.‹
Als er durch die Tür des Schlafzimmers trat, seufzte er bebend auf.

11. Nach Tisch

»Ich werde dir was sagen, was du nicht weißt, Stiefmutter«, rief Alfonso aus, ein kleines Funkeln in den Pupillen. »Auf dem Bild im Wohnzimmer, da bist du drauf.«

Sein Gesicht strahlte fröhlich, und er wartete mit einem kleinen spitzbübischen Lächeln, daß sie die verborgene Absicht in dem erriet, was er gerade angedeutet hatte.

›Er ist wieder ein Kind‹, dachte Doña Lukrezia, eingesponnen in einen lauen Kokon aus Mattigkeit, auf halbem Weg zwischen Wachheit und Schlaf. Eben noch war er ein freier, instinktsicherer kleiner Mann gewesen, der sie wie ein geschickter Reiter bestiegen hatte. Jetzt war er wieder ein glückliches Kind, das Spaß daran fand, mit seiner Stiefmutter Rätselraten zu spielen. Er kniete nackt, auf seinen Fersen sitzend, am Fußende des Bettes, und sie konnte nicht der Versuchung widerstehen, die Hand auszustrekken und sie auf den blonden honigfarbenen Oberschenkel mit dem kaum sichtbaren, schweißglänzenden Flaum zu legen. ›So müssen die griechischen Götter gewesen sein‹, dachte sie. ›Die Amoretten der Gemälde, die Pagen der Prinzessinnen, die kleinen Geister aus Tausendundeiner Nacht, die Spintrien aus dem Buch von Sueton.‹ Sie grub ihre Finger in das junge, lockere Fleisch und dachte mit wollüstigem Erschauern: ›Du bist glücklich wie eine Königin, Lukrezia.‹

»Aber im Wohnzimmer hängt doch ein Szyszlo«, murmelte sie lustlos. »Ein abstraktes Bild, mein Kleines.«

Alfonsito brach in lautes Lachen aus.

»Und die da drauf bist du«, versicherte er. Plötzlich wurde er rot bis über beide Ohren, als hätte ein heißer Luftstrom ihn erhitzt. »Ich hab das heute morgen entdeckt, Stiefmutter. Aber wie, das sag ich dir nicht, und wenn du mich umbringst.«

Er wurde von einem neuen Lachanfall geschüttelt und ließ sich vornüber aufs Bett fallen. So blieb er eine ganze Weile liegen, das Gesicht in das Kissen vergraben, glucksend und bebend. »Was hat sich nur in diesem verrückten Köpfchen festgesetzt«, murmelte Doña Lukrezia, während sie ihm die Haare zerzauste, die fein waren wie winzige Sandkörner oder Reispulver. »Irgendein schlimmer Gedanke, du Schlingel, vorhin als du rot geworden bist.«

Sie hatten eine von Don Rigobertos kurzen Geschäftsreisen durch die Provinz ausgenutzt und zum ersten Mal die Nacht miteinander verbracht. Doña Lukrezia hatte am Abend zuvor dem gesamten Personal Ausgang gegeben, so daß sie sich allein im Haus befanden. Nachdem sie zusammen gegessen und ferngesehen und darauf gewartet hatten, daß Justiniana und die Köchin das Haus verließen, waren sie ins Schlafzimmer hinaufgegangen und hatten sich vor dem Einschlafen geliebt. Und sie hatten sich ein weiteres Mal nach dem Aufwachen geliebt, vor wenigen Augenblicken, im ersten Licht des Morgens. Hinter den schokoladefarbenen Jalousien wurde es rasch hell. In den Straßen war schon das Geräusch von Menschen und Autos zu hören. Bald würden die Hausangestellten zurückkehren. Doña Lukrezia rekelte sich schläfrig. Sie würden ein üppiges Frühstück mit Fruchtsäften und Rührei zu sich nehmen. Am Mittag würden sie und Alfonsito dann zum Flughafen fahren, um ihren Mann abzuholen. Er hatte es ihnen nie gesagt, aber beide wußten sie, daß Don Rigoberto entzückt war, wenn er sie beim Aussteigen aus dem Flugzeug erblickte und sie ihm mit hoch erhobenen Händen zuwinkten; daher bereiteten sie ihm dieses Vergnügen, sooft sie nur konnten.

»Also dann weiß ich jetzt, was das heißt, ein abstraktes Bild«, überlegte das Kind, ohne das Gesicht vom Kissen zu heben. »Ein unanständiges Bild! Das hätte ich nie geahnt, Stiefmutter.«

Doña Lukrezia drehte sich zur Seite und rückte an ihn heran. Sie legte die Wange auf seinen glatten, wie Rauhreif schimmernden Rücken, der nicht die kleinste Spur von Fett aufwies und auf dem sich, wie eine winzige Gebirgskette, kaum sichtbar die Wirbelsäule abzeichnete. Sie schloß die Augen, und ihr war, als hörte sie die langsame Bewegung des frühreifen Blutes unter dieser elastischen Haut. ›Da pulsiert das

Leben, das lebendige Leben‹, dachte sie voll Entzükken.
Seitdem sie und das Kind sich zum ersten Mal geliebt hatten, waren ihre Skrupel und das Schuldgefühl verschwunden, die sie vorher so gequält hatten. Es war an dem Tag nach der Geschichte mit dem Brief und seinen Selbstmorddrohungen passiert. So unverhofft, daß es Doña Lukrezia unmöglich schien, wenn sie daran zurückdachte, als hätte sie es nicht erlebt, sondern geträumt oder gelesen. Don Rigoberto hatte sich gerade zu seiner abendlichen Hygiene-Zeremonie im Badezimmer eingeschlossen, und sie war, in Morgenmantel und Nachthemd, hinuntergegangen, um Alfonsito wie versprochen gute Nacht zu sagen. Das Kind sprang aus dem Bett, ihr entgegen. Die Arme um ihren Hals geschlungen, suchte es ihre Lippen und streichelte schüchtern ihre Brüste, während beide über ihren Köpfen wie eine Hintergrundmusik Don Rigoberto hörten, der mit falschen Tönen eine Operettenarie trällerte, zu der sich kontrapunktisch der Wasserstrahl des Waschbeckens vernehmen ließ. Und plötzlich spürte Doña Lukrezia etwas Streitbares, Männliches, das sich gegen ihren Körper drängte. Es war ein unbezwingbarer Affekt gewesen, stärker als ihr Instinkt für Gefahr. Sie ließ sich auf das Bett gleiten, während sie gleichzeitig den Kleinen an sich zog, sanft, als fürchtete sie, ihn zu zerbrechen. Sie schlug den Morgenmantel auseinan-

der, schob das Nachthemd hoch, brachte ihn in die richtige Position und führte ihn mit ungeduldiger Hand. Sie hatte gewahrt, wie er sich mühte, keuchte, sie küßte, sich bewegte, ungeschickt und zerbrechlich wie ein kleines Tier, das Laufen lernt. Sie hatte gewahrt, wie er, kurz darauf, mit einem Seufzer fertig wurde.

Als sie in das Schlafzimmer zurückkehrte, war Don Rigobertos Toilette noch nicht beendet. Doña Lukrezias Herz war ein entfesselter Trommelwirbel, ein blinder Galopp. Sie fühlte Erstaunen über ihre Verwegenheit und – sie konnte es kaum fassen – Verlangen, ihren Mann zu umarmen. Ihre Liebe zu ihm war stärker geworden. Auch die Gestalt des Kindes war da, in ihrer Erinnerung, und rührte sie an. War es möglich, daß sie es geliebt hatte und jetzt seinen Vater lieben würde? Ja, es war möglich. Sie spürte weder Reue noch Scham. Sie kam sich auch nicht wie eine Zynikerin vor. Es war, als fügte die Welt sich ihrem Willen. Ein unbegreifliches Gefühl von Stolz erfaßte sie. »Heute nacht war es schöner als gestern und je zuvor«, hörte sie Don Rigoberto später sagen. »Ich weiß nicht, wie ich dir danken soll für das Glück, das du mir schenkst.« »Ich auch nicht, mein Liebling«, flüsterte Doña Lukrezia bebend.

Seit dieser Nacht hatte sie die Gewißheit, daß die heimlichen Begegnungen mit dem Kind auf irgendeine dunkle, verworrene, schwer erklärbare Weise ihre eheliche Beziehung bereicherten, ihr etwas Beunruhigendes, etwas Neues gaben. Aber was ist denn das für eine Moral, Lukrezia? fragte sie sich erschrocken. Wie ist es möglich, daß du in deinem Alter über Nacht so geworden bist? Sie konnte es nicht begreifen, aber sie bemühte sich auch nicht darum. Lieber überließ sie sich dieser widersprüchlichen Situation, in der sie um jener heftigen, gefahrvollen Erregung willen, aus der für sie jetzt das Glück bestand, mit ihren Taten ihre Grundsätze verhöhnte und verletzte. Eines Morgens, als sie die Augen aufschlug, kam ihr dieser Satz in den Sinn: ›Ich bin souverän geworden.‹ Sie fühlte sich glücklich und befreit, aber sie hätte nicht zu sagen gewußt, wovon.

›Vielleicht habe ich deshalb nicht das Gefühl, etwas Schlechtes zu tun, weil Fonchito es auch nicht hat‹, dachte sie, während sie die Fingerspitzen über den Körper des Kindes gleiten ließ. ›Für ihn ist es ein Spiel, ein Streich. Und genau das ist unsere Geschichte, nicht mehr. Er ist nicht mein Liebhaber. Wie könnte er das sein in seinem Alter?‹ Was war er dann? Ihr kleiner Amor, sagte sie sich. Ihr Spintria. Er war das Kind, das die Renaissance-Maler den Schlafzimmer-Szenen hinzufügten, damit das Liebesgefecht im Widerspiel zu dieser Reinheit noch hitziger erschien. ›Dank dir lieben wir uns mehr, Rigoberto und ich, und unsere Lust steigert sich‹, dachte sie und küßte seinen Hals mit dem Saum ihrer Lippen.

»Ich könnte dir erklären, warum das Bild dein Porträt ist, aber es macht mich, ich weiß nicht...«, murmelte das Kind, noch immer in den Kissen vergraben. »Soll ich es dir erklären, Stiefmutter?«

»Ja, ja, bitte.« Doña Lukrezia betrachtete ehrfürchtig die kleinen gewundenen Adern, die an einigen Stellen seiner Haut wie blaue Bächlein durchschimmerten. »Wie kann denn ein Bild mein Porträt sein, auf dem keine Personen, sondern nur geometrische Formen und Farben zu sehen sind?«

Das Kind hob spitzbübisch das Gesicht.

»Denk nach, und du wirst schon sehen. Stell dir vor, wie das Bild ist und wie du bist. Ich glaub dir nicht, daß du nicht drauf kommst. Es ist doch so einfach! Wenn du es rätst, kriegst du eine Belohnung, Stiefmutter.«

»Erst heute morgen hast du gemerkt, daß dieses Bild mein Porträt ist?« fragte Doña Lukrezia mit wachsender Verwirrung.

»Warm, warm«, applaudierte das Kind. »Wenn du so weiter machst, hast du es gleich raus. Ui, es ist zum Schämen, Stiefmutter!«

Er lachte wieder laut auf und verbarg sich in den Laken. Auf dem Fensterbrett hatte ein kleiner Vogel zu piepsen begonnen. Es war ein schriller, jubelnder Ton, der den Morgen zerriß und die Welt, das Leben feiern zu wollen schien. ›Du hast recht mit deiner Freude‹, dachte Doña Lukrezia. ›Die Welt ist schön, und es lohnt sich, in ihr zu leben. Piep, piep.‹

»Also, es ist dein geheimes Porträt«, flüsterte Alfonsito. Er buchstabierte jedes Wort und machte bedeutungsvolle Pausen, um eine theatralische Wirkung zu erzielen. »Ein Porträt von dem, was keiner von dir kennt oder sieht. Nur ich. Ach, und mein Papa, natürlich. Wenn du es jetzt nicht rätst, dann wirst du es nie raten, Stiefmutter.«

Er streckte ihr die Zunge heraus und zog eine Grimasse, während er sie mit diesem wasserblauen Blick beobachtete, unter dessen klarer, unschuldiger Oberfläche Doña Lukrezia bisweilen etwas Perverses zu erahnen glaubte, wie bei jenen Tieren mit Fangarmen, die in der Tiefe der paradiesischen Ozeane hausen. Ihre Wangen brannten. Wollte Fonchito wirklich auf das hinaus, was ihr gerade zu dämmern begann? Oder, besser gesagt: Verstand das Kind überhaupt, was es da andeutete? Sicherlich nur halb, formlos, instinktiv, ohne daß sein Verstand dabei im Spiel war. Bedeutete Kindheit dieses Gemisch aus Tugend und Laster, Sünde und Heiligkeit? Sie versuchte sich zu erinnern, ob sie in fernen Zeiten genau wie Fonchito rein und schmutzig zugleich gewesen war, aber es gelang ihr nicht. Sie legte ihre Wange wieder auf den falben Rücken des Kindes, und Neid erfaßte sie. Ach, könnte man doch immer so tierhaft und halb unbewußt handeln, wie es sie liebkoste und liebte, ohne über sie oder sich selbst ein Urteil zu fällen! ›Ich hoffe, daß du später einmal nicht leiden mußt, mein Kleines‹, wünschte sie ihm innerlich.

»Ich glaube, ich hab es erraten«, sagte sie nach einer Weile. »Aber ich trau mich nicht, es dir zu sagen, es ist wirklich eine Ferkelei, Alfonsito.«

»Und ob«, nickte das Kind verschämt. Es war wieder rot geworden. »Aber wenn schon, es ist die Wahrheit, Stiefmutter. So bist du auch, es ist nicht meine Schuld. Aber was macht das schon, wo es doch nie jemand erfahren wird, nicht wahr?«

Und dann, völlig übergangslos, in einer dieser unvermittelten Anwandlungen, bei denen er Ton und Thema wechselte und in der Altersleiter viele Stufen hinauf- oder hinabzuklettern schien, fügte er hinzu:

»Wird es nicht bald zu spät, um zum Flughafen zu fahren und meinen Papa abzuholen? Er wird traurig sein, wenn wir nicht kommen.«

Was zwischen ihnen beiden geschah, hatte Alfonsos Beziehung zu Don Rigoberto überhaupt nicht beeinträchtigt, zumindest hatte sie nichts dergleichen bemerkt. Doña Lukrezia schien, daß das Kind seinen Vater genauso, ja vielleicht mehr als vorher liebte, nach den Zärtlichkeitsbeweisen zu urteilen, mit denen es ihn bedachte. Es schien auch nicht die geringste Verlegenheit, das mindeste Schuldgefühl ihm gegenüber zu empfinden. ›Die Dinge können nicht so einfach sein und auch noch so gut ausgehen‹, sagte sie sich. Und doch waren sie bislang einfach und gingen bestens aus. Wie lange würde dieses harmonische Truggespinst noch dauern? Wieder einmal sagte sie sich, daß nichts diesen gestaltgewordenen Traum, in den das Leben sich für sie verwandelt hatte, zerstören könnte, wenn sie nur klug und vorsichtig zu Werke ging. Zudem war sie sicher, daß Don Rigoberto der glückliche Nutznießer ihrer Seligkeit wäre, wenn diese verworrene Situation anhielte. Aber wie immer, wenn sie daran dachte, warf eine Vorahnung einen dunklen Schatten auf diese Utopie: so etwas passiert doch nur im Kino und in Romanen, du Spinnerin. Sei realistisch: früher oder später wird es böse enden. Die Wirklichkeit ist niemals so vollkommen wie die Dichtung, Lukrezia.

»Nein, wir haben noch Zeit, mein Liebling. Es sind noch zwei Stunden bis zur Ankunft des Flugzeugs aus Piura. Wenn es keine Verspätung hat.«

»Dann werde ich noch ein bißchen schlafen, ich bin ganz schlapp«, gähnte das Kind. Es drehte sich zur Seite, suchte die Wärme von Doña Lukrezias Körper und legte den Kopf auf ihre Schulter. Einen Augenblick später schnurrte es mit schwacher Stimme: »Glaubst du, daß Papa mir das Moped kauft, das ich mir gewünscht habe, wenn ich am Ende des Schuljahres den Preis für besondere Leistungen bekomme?«

»Ja, er wird es dir kaufen«, antwortete sie, während sie ihn sanft an sich drückte und wie ein neugeborenes Kind in den Schlaf wiegte. »Wenn er es dir nicht kauft, dann tu ich es, sei unbesorgt.«

Während Fonchito ruhig atmend schlief – sie konnte die gleichmäßigen Schläge seines Herzens wie Echos in ihrem Körper spüren –, verharrte Doña Lukrezia reglos, um ihn nicht zu wecken, versunken in friedliche Schläfrigkeit. Halb aufgelöst, vagabundierte ihr Geist durch einen Korso von Bildern, aber immer wieder gewann eines davon an Schärfe und setzte sich mit einer verführerischen Aureole in ihrem Bewußtsein fest: das Bild im Wohnzimmer. Was ihr das Kind gesagt hatte, beunruhigte sie ein wenig und erfüllte sie mit mysteriösem Unbehagen, denn es ließ auf ungeahnte morbide Tiefen, auf unvermuteten Scharfsinn in dieser kindlichen Phantasie schließen.

Später, nachdem sie aufgestanden war und gefrühstückt hatte, ging sie, während Alfonsito sich duschte, in das Wohnzimmer hinunter und betrachtete eine lange Zeit den Szyszlo. Es war, als hätte sie ihn nie zuvor gesehen, als hätte das Bild wie eine Schlange oder wie ein Schmetterling Erscheinung und Sein verändert. ›Dieses kleine Kind hat es in sich‹, dachte sie verwirrt. Welche Überraschungen verbargen sich noch in dem Köpfchen dieses kleinen hellenischen Gottes? An diesem Abend, nachdem sie Don Rigoberto am Flughafen abgeholt und seinem

Reisebericht zugehört hatten, öffneten und feierten sie die Geschenke, die er ihr und dem Kind mitgebracht hatte (das tat er bei jeder Reise): Cremespeise, gebackene Bananenscheiben und zwei feine Strohhüte aus Catacaos. Danach aßen alle drei zu Abend, wie eine glückliche Familie.

Das Paar zog sich früh in das Schlafzimmer zurück. Don Rigobertos Waschungen fielen kürzer aus als sonst. Als die Ehegatten im Bett wieder zueinanderfanden, umarmten sie sich leidenschaftlich, wie nach einer sehr langen Trennung (in Wirklichkeit waren es gerade nur drei Tage und zwei Nächte gewesen). So war es immer, seit sie geheiratet hatten. Aber nach den anfänglichen Tändeleien in der Dunkelheit, als Don Rigoberto, getreu der nächtlichen Liturgie, hoffnungsvoll murmelte: »Fragst du mich nicht, wer ich bin?«, vernahm er dieses Mal eine Antwort, die den stillschweigenden Pakt zwischen ihnen verletzte: »Nein. Frag du mich lieber.« Es entstand eine perplexe Pause, als wäre die Szene eines Films erstarrt. Aber Don Rigoberto, ein Mann von Ritualen, begriff nach ein paar Sekunden und fragte begierig: »Wer, wer bist du, mein Herz?« »Die von dem Bild im Wohnzimmer, von dem abstrakten Bild«, antwortete sie. Wieder folgte eine Pause, ein halb irritiertes, halb enttäuschtes Lachen, ein langes, elektrisch geladenes Schweigen. »Das ist jetzt nicht der Moment, um ...«, begann er mahnend. »Ich scherze nicht«,

fiel Doña Lukrezia ihm ins Wort und verschloß ihm den Mund mit ihren Lippen. »Ich bin es, und ich weiß nicht, wieso du es noch nicht gemerkt hast.«
»Hilf mir, mein Liebling«, sagte er, lebhaft jetzt, wieder auflebend, sich regend. »Erklär es mir. Ich will es verstehen.« Sie erklärte es ihm, und er verstand.
Sehr viel später, nachdem sie geplaudert und gelacht hatten und sich erschöpft und glücklich zur Ruhe begeben wollten, küßte Don Rigoberto bewegt die Hand seiner Frau:
»Wie du dich verändert hast, Lukrezia. Jetzt liebe ich dich nicht nur mit meiner ganzen Seele. Ich bewundere dich auch. Ich bin sicher, daß ich noch viel von dir lernen werde.«
»Mit vierzig lernt man so manches«, verkündete sie, während sie ihn streichelte. »Manchmal, Rigoberto, wie jetzt zum Beispiel, scheint mir, daß ich von neuem geboren werde. Und daß ich nie sterben muß.«
Bestand sie darin, die Souveränität?

12. Liebeslabyrinth

Am Anfang wirst du mich nicht sehen noch verstehen, aber du mußt Geduld haben und schauen. Mit Beharrlichkeit und ohne Vorurteile, mit Freiheit und Begehren: schauen. Mit weitgespannter Phantasie, das Geschlecht bereit – wenn möglich, im Anschlag – schauen. Hier tritt man ein wie die Novizin ins geschlossene Kloster oder der Liebhaber in die Grotte der Geliebten: entschlossen, ohne kleinliche Berechnungen, alles gebend und nichts fordernd, in der Seele die Gewißheit, daß es für immer ist. Nur unter dieser Bedingung wird das maulbeerfarbene und violette Dunkel der Oberfläche ganz allmählich in Bewegung geraten, schillern, einen Sinn bekommen und sich entfalten als das, was es in Wirklichkeit ist: ein Liebeslabyrinth.
Die geometrische Figur im mittleren Streifen, genau im Zentrum des Bildes, dieser flache Aufriß, der an einen dreibeinigen Dickhäuter gemahnt, ist ein Altar, ein Opferstein oder, wenn du gegen den religiösen Symbolismus allergisch bist, eine Theaterdekoration. Gerade ist eine erregende Zeremonie zelebriert worden, voll köstlicher, grausamer Nachklänge, und was du siehst, sind ihre Spuren und ihre Folgen. Ich weiß es, denn ich war das glückliche Opfer; auch die Anregerin, die Schauspielerin. Die roten Flecken an den Beinen des sintflutlichen Wesens sind mein Blut und dein Sperma, hervorgequollen und geronnen. Ja, mein Herz, was auf dem Opferstein ruht (oder auf

der prähispanischen Dekoration, wenn dir das lieber ist), dieses schleimige Wesen mit malvenfarbenen Wunden und dünnen Häuten, mit schwarzen Höhlungen und Drüsen, aus denen es grau eitert, das bin ich. Versteh mich recht: ich, von innen und von unten gesehen, in dem Augenblick, da du mich ausglühst und auspreßt. Ich, explodierend und mich verströmend unter deinem Blick, dem aufmerksamen libertinen Blick des Mannes, der wirksam sein Amt zelebriert hat und sich jetzt der Kontemplation und der Philosophie hingibt.

Denn du bist auch da, mein Herzallerliebster. Du schaust mich an, als seziertest du mich, Augen, die schauen, um zu sehen, und ein wacher Alchimistengeist, der phosphoreszierende Rezepte der Lust ersinnt. Der dort links, aufrecht stehend im Feld der schimmernden Brauntöne, der mit den sarazenischen Sichelmessern am Schädel, geschmückt mit einem Umhang glänzender Federn, zum Totem verwandelt, der mit den Spornen und dem rotbraunen Flaumhaar, der seinen Rücken zeigt und mich beobachtet, wer könnte das sein, wenn nicht du? Jetzt bist du eingetreten und hast dich in einen Betrachter verwandelt. Vor einem Augenblick noch warst du blind und lagst auf Knien zwischen meinen Schenkeln und entfachtest meine Feuer wie ein verächtlicher, eifriger Diener. Jetzt empfindest du Lust, während du meiner Lust zuschaust, und denkst nach. Jetzt weißt

du, wie ich bin. Jetzt würdest du mich gerne in einer Theorie auflösen.
Sind wir schamlos? Nein, wir sind ganz und frei und könnten nicht irdischer sein. Man hat uns die Haut abgezogen und die Knochen aufgeweicht, man hat unsere Eingeweide und unsere Knorpel bloßgelegt, man hat alles ans Licht gebracht, was bei der Messe oder der Liebesvorstellung, die wir gemeinsam zelebriert haben, zum Vorschein kam, anschwoll, schwitzte und sich verströmte. Man hat uns die Geheimnisse genommen, mein Liebling. Das bin ich, Sklave und Herr, deine Opfergabe. Aufgeschlitzt wie eine Turteltaube durch das Messer der Liebe. Aufgerissen und pulsierend, ich. Saumselige Masturbation, ich. Honigseimiger Strahl, ich. Labyrinth und tastendes Fühlen, ich. Magisches Ovarium, Samen, Blut und Tau des Morgengrauens: ich. Das ist mein Gesicht für dich, in der Stunde der Sinne. Das bin ich, wenn ich mich für dich der Haut der Wochentage und der Feiertage entledige. Das mag vielleicht meine Seele sein. Ganz die deine.
Die Zeit steht natürlich still. Hier altern wir nicht, noch sterben wir. Ewig leben wir der Lust in diesem fahlen Licht der Dämmerung, das schon die Nacht schändet, erhellt von einem Mond, den unsere Trunkenheit verdreifacht hat. Der wirkliche Mond ist der in der Mitte, der rabenschwarze; die ihn eskortieren, von der Farbe trüben Weines, sind Fiktion.

Aufgehoben sind auch die altruistischen Gefühle, die Metaphysik und die Geschichte, die neutrale Urteilskraft, die guten Regungen und Werke, die Solidarität mit der Gattung, der staatsbürgerliche Idealismus, die Sympathie für den Artgenossen; alle Menschenwesen sind ausgelöscht, außer dir und mir. Es ist alles verschwunden, was uns im Augenblick der Liebe, der nichts anderes ist als der Augenblick des höchsten Egoismus, hätte ablenken oder beirren können. Hier ist nichts, was uns zügelt oder hemmt, wie nichts auch das Monstrum und den Gott zügelt oder hemmt.

Dieses triadische Gemach – drei Beine, drei Monde, drei Räume, drei Fenster und drei dominante Farben – ist die Heimat des reinen Triebes und der Phantasie, die ihm dient, so wie deine schlängelnde Zunge und dein süßer Speichel mir gedient und sich meiner bedient haben. Wir haben Namen und Vornamen verloren, Gesicht und Haar, die äußere Würde und die staatsbürgerlichen Rechte. Aber wir haben Magie, Mysterium und körperlichen Genuß gewonnen. Wir waren eine Frau und ein Mann, und jetzt sind wir Ejakulation, Orgasmus und eine fixe Idee. Wir sind heilig und obsessiv geworden.

Unser Wissen voneinander ist total. Du bist ich und du, und du bin ich und du. Etwas so Vollkommenes und Einfaches wie eine Schwalbe oder das Gesetz der Schwerkraft. Die lasterhafte Perversität – um es mit

Worten zu sagen, an die wir nicht glauben und die wir beide verachten – wird durch jene drei exhibitionistischen Zuschauer in der linken oberen Ecke repräsentiert. Es sind unsere Augen, die Betrachtung, der wir uns so eifrig hingeben – wie du in diesem Augenblick –, die restlose Entblößung, die jeder vom anderen fordert beim Fest der Liebe, und die Verschmelzung, die sich nur angemessen ausdrücken läßt, wenn man die Syntax verletzt: ich gebe dich mich hin, du masturbierst mich dir, saugdichmichuns.
Hör jetzt auf zu schauen. Schließ jetzt die Augen. Und jetzt, ohne sie zu öffnen, schau mich an und schau dich an, wie man uns auf diesem Bild dargestellt hat, das so viele betrachten und so wenige sehen. Jetzt weißt du, daß noch vor der Zeit, da wir uns kennenlernten, liebten und vermählten, jemand, mit dem Pinsel in der Hand, vorwegnahm, in welch schrecklichen Ruhm uns jeden Tag und jede neue Nacht das Glück verwandeln sollte, das wir zu erfinden wußten.

13. Die schlechten Wörter

»Ist die Stiefmutter nicht da?« fragte Fonchito enttäuscht.

»Sie wird bald kommen«, antwortete Don Rigoberto und schloß hastig den Bildband *The Nude* von Sir Kenneth Clark, den er auf den Knien liegen hatte. Ein jäher Schrecken riß ihn mitten aus den feuchten, weiblichen Dämpfen im dichtbevölkerten *Türkischen Bad* des Malers Ingres und brachte ihn nach Lima, in sein Zuhause, an seinen Schreibtisch zurück. »Sie ist zum Bridgespielen bei ihren Freundinnen. Komm rein, komm rein, Fonchito. Reden wir ein bißchen.«

Das Kind lächelte ihn an und nickte. Es kam herein und setzte sich auf den Rand des großen englischen Sessels aus olivbraunem Leder unter den dreiundzwanzig kartonierten Bänden der Reihe *Les maîtres de l'amour*, herausgegeben und mit einem Vorwort versehen von Guillaume Apollinaire.

»Erzähl mir von der Schule«, ermunterte ihn sein Vater, während er das Buch mit seinem Körper verdeckte und es in die verschließbare Glasvitrine zurückbeförderte, in der er seine erotischen Schätze aufbewahrte. »Klappt's mit dem Unterricht? Hast du keine Probleme mit Englisch?«

Der Unterricht klappte prima, und die Lehrer waren bestens, Papi. Er verstand alles und führte lange Gespräche auf englisch mit Pater MacKey; er war sicher, daß er auch in diesem Jahr am Ende der

Klassenbeste sein würde. Sie würden ihm vielleicht den Preis für besondere Leistungen geben.
Don Rigoberto lächelte ihn zufrieden an. Wirklich, dieser Kleine machte ihm nichts als Freude. Ein vorbildlicher Sohn; ein guter Schüler, folgsam, liebevoll. Er hatte Glück gehabt mit ihm.
»Willst du eine Coca-Cola?« fragte er ihn. Er hatte sich gerade zwei Fingerbreit Whisky eingeschenkt und war mit den Eiswürfeln beschäftigt. Er reichte Alfonso sein Glas und setzte sich neben ihn. »Ich muß dir was sagen, mein Söhnchen. Ich bin sehr zufrieden mit dir, du kannst mit dem Moped rechnen, das du dir gewünscht hast. Du bekommst es nächste Woche.«
Die Augen des Kindes leuchteten auf. Ein breites Lächeln erhellte sein Gesicht.
»Danke schön, Papilein!« Es umarmte ihn und küßte ihn auf die Wange. »Das Moped, das ich mir so sehr gewünscht habe! Toll, Papi!«
Don Rigoberto befreite sich lächelnd von ihm. Mit einer verstohlenen Liebkosung strich er ihm die zerzausten Haare glatt.
»Du mußt dich bei Lukrezia bedanken«, setzte er hinzu. »Sie hat darauf bestanden, daß ich dir das Moped jetzt gleich kaufe, ohne die Prüfungen abzuwarten.«
»Ich wußte es«, rief das Kind aus. »Sie ist sooo gut zu mir. Ich glaub, noch mehr als meine Mama.«

»Deine Stiefmutter hat dich nämlich sehr lieb, mein Kleiner.«

»Ich sie auch«, versicherte das Kind sogleich heftig. »Wie könnte ich sie nicht liebhaben, wo sie doch die beste Stiefmutter der Welt ist!«

Don Rigoberto trank genießerisch: ein angenehmes Feuer lief ihm über die Zunge, durch den Hals und breitete sich jetzt zwischen den Rippen aus. ›Liebenswerte Lava‹, improvisierte er. Auf wen war sein Sohn so hübsch herausgekommen? Sein Gesicht schien von einer strahlenden Aureole umgeben, und er strotzte vor Frische und Gesundheit. Auf ihn gewiß nicht. Auch nicht auf seine Mutter, denn obwohl Eloisa attraktiv und hübsch gewesen war, hatte sie doch nicht diese feinen Züge, die klaren Augen, eine ähnlich durchsichtige Haut oder diese reingoldenen Haarlocken besessen. Ein Cherub, ein süßer Fratz, ein Erzengel wie auf den Heiligenbildchen zur Erstkommunion. Es wäre besser für ihn, wenn er als Erwachsener ein bißchen häßlicher würde: Frauen haben wenig übrig für Männer mit Puppengesicht.

»Du glaubst nicht, wie sehr ich mich freue, daß du dich so gut mit Lukrezia verträgst«, fügte er nach einer Weile hinzu. »Das hat mir nämlich große Sorgen gemacht, als wir heirateten, jetzt kann ich es dir ja sagen. Daß ihr nicht harmoniert, daß du sie nicht akzeptieren würdest. Das wäre ein großes Unglück für uns drei gewesen. Auch Lukrezia hatte große

Angst. Jetzt, wenn ich sehe, wie gut ihr euch vertragt, lache ich über diese Ängste. Ihr habt euch so gern, daß ich manchmal sogar eifersüchtig bin, weil ich denke, deine Stiefmutter hat dich lieber als mich und auch du hast sie lieber als deinen Vater.«

Alfonso lachte laut auf, klatschte in die Hände, und Don Rigoberto tat es ihm nach, amüsiert über die gute Laune, die aus seinem Sohn hervorbrach. In der Ferne miaute eine Katze. Ein Auto mit voll aufgedrehtem Radio fuhr auf der Straße vorbei, und ein paar Sekunden lang waren die Trompeten und Rasseln einer tropischen Melodie zu hören. Dann war die Stimme Justinianas zu vernehmen, die in der Küchenkammer vor sich hin trällerte, während sie die Waschmaschine in Gang setzte.

»Papa, was heißt eigentlich Orgasmus?« fragte das Kind plötzlich.

Don Rigoberto bekam einen Hustenanfall. Er räusperte sich, während er überlegte: Was sollte er antworten? Er versuchte, ein natürliches Gesicht zu machen, und bemühte sich, nicht zu lächeln.

»Nun, es ist kein unanständiges Wort«, erklärte er vorsichtig. »Natürlich nicht. Es hat mit dem Sexualleben zu tun, mit der Lust. Man könnte vielleicht sagen, es ist der Höhepunkt der körperlichen Lust. Etwas, das nicht nur die Menschen erleben, sondern auch viele Tierarten. Man wird dir bestimmt noch im Biologieunterricht davon erzählen. Vor allem darfst du nicht denken, daß es ein schmutziges Wort ist. Wie bist du denn auf dieses Wort gekommen, mein Kleiner?«

»Ich hab es von meiner Stiefmutter gehört«, sagte Fonchito. Er verzog spitzbübisch das Gesicht und legte zum Zeichen der Komplizenschaft einen Finger auf den Mund. »Ich hab getan, als wüßte ich, was das ist. Sag ihr jetzt nur nicht, daß du es mir erklärt hast, Papi.«

»Nein, ich werde es ihr nicht sagen«, murmelte Don Rigoberto. Er nahm noch einen Schluck Whisky und schaute Alfonso forschend an, verwirrt. Was steckte in diesem rotblonden Köpfchen, hinter dieser glatten Stirn? Das sollte einer wissen. Behauptete man nicht, die Seele eines Kindes sei ein unauslotbarer Abgrund? Er dachte: ›Ich darf nicht weiter nachhaken.‹ Er dachte: ›Ich muß das Thema wechseln.‹ Aber der Stachel der Neugier oder die unwillkürliche Anziehungskraft der Gefahr waren stärker, und er fragte ganz beiläufig: »Du hast dieses Wörtchen von deiner Stiefmutter gehört? Bist du sicher?«

Das Kind nickte mehrere Male, mit der gleichen halb fröhlichen, halb spitzbübischen Miene. Seine Wangen waren gerötet, und in seinen Augen blitzte der Schalk.

»Sie hat mir gesagt, daß sie einen wunderschönen Orgasmus gehabt hat«, erklärte es mit singender Nachtigallenstimme.

Dieses Mal fiel Don Rigoberto der Whisky aus den Händen; von der Überraschung gelähmt, sah er zu, wie das Glas über den Teppich mit den bleifarbenen Arabesken rollte, der in seinem Arbeitszimmer lag. Das Kind beeilte sich, es aufzuheben. Während es ihm das Glas reichte, murmelte es:

»Ein Glück, daß es fast leer war. Soll ich dir ein neues einschenken, Papi? Ich weiß, wie du deinen Whisky magst, ich hab gesehen, wie meine Stiefmutter es macht.«

Don Rigoberto schüttelte den Kopf. Hatte er richtig gehört? Ja, natürlich: dafür hatte er ja seine großen Ohren. Um die Dinge richtig zu hören. Sein Gehirn hatte zu knistern begonnen wie ein Holzfeuer. Diese Unterhaltung war zu weit gegangen und mußte jetzt endgültig abgebrochen werden, sonst würde irgend etwas ganz Schlimmes, Unwägbares geschehen. Einen Augenblick lang hatte er die Vision eines schönen Kartenhauses, das zusammenstürzte. Er sah mit absoluter Klarheit, was er tun mußte. Es reicht, Schluß, reden wir von etwas anderem. Aber auch dieses Mal war der Gesang der Sirenen aus der Tiefe stärker als sein Verstand und seine Vernunft.

»Was sind denn das für Erfindungen, Foncho.« Er sprach ganz langsam, aber dennoch zitterte seine Stimme. »Wie kannst du denn so etwas von deiner Stiefmutter gehört haben. Das kann doch nicht sein, mein Söhnchen.«

Das Kind protestierte zornig mit hocherhobener Hand.
»Aber ja, Papi. Natürlich hab ich das von ihr gehört. Wenn sie es doch zu mir gesagt hat. Erst gestern nachmittag. Ich geb dir mein Wort. Warum soll ich dich anlügen? Hab ich dich jemals angelogen, ich?«
»Nein, nein, du hast recht. Du sagst immer die Wahrheit.«
Er konnte das Unbehagen nicht kontrollieren, das wie ein Fieber von ihm Besitz ergriffen hatte. Es war wie eine dicke dumme Schmeißfliege, die immer wieder gegen sein Gesicht, gegen seine Arme taumelte, ohne daß er sie totschlagen oder ihr ausweichen konnte. Er stand auf, tat ein paar langsame Schritte und schenkte sich einen neuen Whisky ein, etwas recht Ungewöhnliches, denn er trank nie mehr als ein Glas vor dem Abendessen. Als er zu seinem Stuhl zurückkehrte, traf sein Blick sich mit den blaugrünen Augen Fonchitos: sie folgten seinen Bewegungen durch das Arbeitszimmer mit der gewohnten Sanftheit. Lächelnd schauten sie ihn an, und er brachte ebenfalls mühsam ein Lächeln zustande.
»Ehem, ehem«, räusperte sich Don Rigoberto nach einigen Sekunden ominösen Schweigens. Er wußte nicht, was er sagen sollte. War es möglich, daß Lukrezia ihm derart vertrauliche Dinge sagte, daß sie dem Kind erzählte, was sie in den Nächten taten? Natürlich nicht, was für eine dumme Idee. Es waren

Hirngespinste von Fonchito, sehr typisch für sein Alter: er entdeckte die Bosheit, es begann die sexuelle Neugier, der aufkeimende Trieb gab ihm Phantasien ein, die ihm erlaubten, Gespräche über das faszinierende Tabu zu provozieren. Das beste war, alles zu vergessen und diesen unangenehmen Augenblick mit Banalitäten zu überspielen.

»Hast du keine Schulaufgaben für morgen?« fragte er.

»Ich hab sie schon gemacht«, antwortete das Kind. »Ich hatte nur eine, Papi. Freier Aufsatz.«

»Ach ja?« beharrte Don Rigoberto. »Und was für ein Thema hast du genommen?«

Das Gesicht des Kindes rötete sich abermals in unschuldiger Freude, und Don Rigoberto spürte plötzlich panische Angst. Was geschah? Was würde gleich geschehen?

»Über sie natürlich, Papi, über wen denn sonst.« Fonchito klatschte in die Hände. »Ich hab ihm den Titel gegeben: Lob der Stiefmutter. Wie findest du ihn?«

»Sehr schön, ein guter Titel«, antwortete Don Rigoberto. Und er fügte mit einem gekünstelten Lachen hinzu, fast ohne nachzudenken: »Wie der Titel eines erotischen Romans.«

»Was heißt erotisch?« erkundigte sich das Kind mit großem Ernst.

»Bezogen auf die körperliche Liebe«, klärte Don Rigoberto ihn auf. Er trank aus seinem Glas, in kleinen Schlucken, ohne sich dessen bewußt zu sein. »Gewisse Wörter, so wie dieses, erlangen ihre Bedeutung erst mit der Zeit, durch die Erfahrung, die wichtiger ist als die Definitionen. Das ergibt sich ganz allmählich; kein Grund, daß du dich beeilst, Fonchito.«

»Wie du meinst, Papi«, nickte das Kind und blinzelte: seine Wimpern waren sehr lang und warfen einen irisierenden, violetten Schatten auf seine Lider.

»Weißt du, daß ich dieses ›Lob der Stiefmutter‹ gerne lesen würde?«

»Natürlich, Papilein.« Das Kind war begeistert. Es sprang auf und stürmte los. »Dann kannst du mich korrigieren, wenn ein Fehler drin ist.«

In den wenigen Minuten, die Fonchito ausblieb, fühlte Don Rigoberto, wie das Unbehagen wuchs. Zuviel Whisky vielleicht? Nein, was für ein dummer Gedanke. Deutete dieser Druck in den Schläfen darauf hin, daß er krank wurde? Im Büro gab es etliche Grippekranke. Nein, das war es nicht. Was dann? Er mußte an den Satz aus dem Faust denken, der ihn als jungen Burschen so fasziniert hatte: »Den lieb' ich, der Unmögliches begehrt.« Er hätte ihn gern zum Wahlspruch seines Lebens gemacht, und in gewisser Weise, wenn auch nur für sich, nährte er das Gefühl, daß er dieses Ideal erreicht hatte. Warum erfaßte ihn jetzt die angstvolle Ahnung, daß ein Abgrund sich vor seinen Füßen auftat? Was für eine Gefahr bedrohte ihn? Wie? Wo? Er dachte: ›Es ist völlig unmöglich, daß Fonchito von seiner Stiefmutter gehört hat ‚Ich hatte einen wunderschönen Orgasmus‘.‹ Er bekam einen Lachanfall, aber er lachte ohne die geringste Fröhlichkeit, mit kläglich verzogenem Gesicht, dessen Bild ihm das Glas der libidinösen Vitrine zurückwarf. Da war Alfonso wieder. Er hielt ein Heft in der Hand. Er reichte es ihm, ohne etwas zu sagen, und schaute ihm unverwandt in die Augen, mit diesem blauen Blick, der so sanft und unschuldig war, daß er, wie Lukrezia meinte, »den Leuten das Gefühl gab, schmutzig zu sein«.

Don Rigoberto setzte die Brille auf und schaltete die Stehlampe ein. Er begann die deutlichen, mit schwarzer Tinte gemalten Buchstaben mit lauter Stimme zu lesen, aber in der Mitte des ersten Satzes verstummte er. Er las still weiter, wobei er leicht die Lippen bewegte und häufig blinzelte. Plötzlich hörten seine Lippen auf, sich zu bewegen. Sie öffneten sich, verzogen sich nach unten, bis sie seinem Gesicht einen einfältigen, blöden Ausdruck verliehen. Ein Speichelfaden hing zwischen seinen Zähnen herab und befleckte den Aufschlag seines Sakkos, aber er schien es nicht zu bemerken, denn er säuberte sich nicht. Seine Augen wanderten von links nach rechts, zuweilen rasch, zuweilen langsam, und mitunter wanderten sie zurück, als hätten sie nicht richtig verstanden oder als wollten sie nicht akzeptieren, daß das, was sie gelesen hatten, tatsächlich da geschrieben stand. Nicht ein einziges Mal, solange die langsame, endlose Lektüre dauerte, lösten sich die Augen Don Rigobertos von dem Heft, um das Kind anzuschauen, das sicherlich noch immer dort stand, am selben Ort, seine Reaktionen beobachtete, darauf wartete, daß er mit dem Lesen fertig und sagen und tun würde, was er sagen und tun mußte. Was mußte er sagen? Was mußte er tun? Don Rigoberto spürte, daß seine Hände feucht waren. Ein paar Schweißtropfen glitten von seiner Stirn auf das Heft und ließen die Tinte zu unförmigen Flecken verlaufen. Er schluckte, und es gelang ihm zu denken: ›Das Unmögliche begehren hat einen Preis, den man früher oder später zahlen muß.‹

Er machte eine äußerste Anstrengung, schlug das Heft zu und blickte auf. Ja, da war Fonchito und betrachtete ihn mit seinem schönen, glückseligen Gesicht. ›So muß Luzifer gewesen sein‹, dachte er, während er auf der Suche nach einem Schluck das leere Glas zum Mund führte. Als das Glas gegen seine Zähne klirrte, bemerkte er, wie heftig das Zittern seiner Hand war.

»Was hat das zu bedeuten, Alfonso?« stotterte er. Ihm taten die Backenzähne weh, die Zunge, der Kiefer. Er erkannte seine eigene Stimme nicht wieder.

»Was denn, Papi?«

Er schaute ihn an, als begriffe er nicht, was ihn bewegte.
»Was bedeuten diese... diese Hirngespinste«, stammelte er aus der entsetzlichen Verwirrung heraus, die seine Seele peinigte. »Bist du verrückt geworden, mein Kleiner? Wie konntest du solche unanständigen Ferkeleien erfinden?«
Er verstummte, weil er nicht mehr weiterwußte und verärgert und überrascht über seine eigenen Worte war. Das kleine Gesicht des Kindes erlosch und wurde traurig. Es schaute ihn verständnislos an, einen Anflug von Schmerz in den Pupillen, auch von Verwirrung, aber ohne eine Spur von Angst. Schließlich, nach einigen Sekunden, hörte Don Rigoberto es genau das sagen, was er inmitten des Schreckens, der sein Herz zum Erstarren brachte, erwartete:
»Aber was denn für Erfindungen, Papi. Wo doch alles, was ich erzähle, wahr ist, wo doch alles genauso passiert ist.«
In diesem Augenblick hörte Don Rigoberto die Haustür aufgehen – in einem zeitlichen Zusammenspiel, das er nur als einen Ratschluß des Schicksals oder der Götter interpretieren konnte – und vernahm die melodiöse Stimme Lukrezias, die den Hausdiener begrüßte. Es gelang ihm zu denken, daß die reiche, ursprüngliche nächtliche Welt freier Träume und Wünsche, die er mit solcher Beharrlichkeit aufgebaut hatte, wie eine Seifenblase zerplatzt

war. Und plötzlich sehnte seine malträtierte Phantasie sich verzweifelt nach Verwandlung: er war ein einsames Wesen, keusch, bar von Gelüsten, gegen alle Teufel des Fleisches und des Geschlechts gefeit. Ja, ja, das war er. Der Anachoret, der mohammedanische Heilige, der Mönch, der Engel, der Erzengel, der die himmlische Trompete bläst und in den Garten herabsteigt, um den frommen Mädchen die gute Kunde zu bringen.

»Hallo, der Herr, hallo, kleiner Herr«, zwitscherte Doña Lukrezia von der Schwelle des Arbeitszimmers her.

Ihre schneeweiße Hand warf Vater und Sohn ein paar Kußhände zu.

14. Der rosige Jüngling

Die Hitze des Mittags hatte mich eingeschläfert, daher hörte ich ihn nicht kommen. Aber als ich die Augen aufschlug, war er da, zu meinen Füßen, in einem rosigen Licht. War er wirklich da? Ja, ich träumte es nicht. Er mußte durch die Hoftür hereingekommen sein, die meine Eltern wohl offengelassen hatten, oder er war über den Zaun des Gartens gesprungen, ein Zaun, den jeder Jüngling mühelos überwindet.

Wer er war? Ich weiß es nicht, aber ich bin sicher, er war hier, in diesem Gang, kniend zu meinen Füßen. Ich sah ihn und ich hörte ihn. Soeben hat er sich entfernt. Oder sollte ich besser sagen: aufgelöst? Ja: kniend zu meinen Füßen. Ich weiß nicht, weshalb er niederkniete, aber er tat es nicht, um meiner zu spotten. Vom ersten Augenblick an begegnete er mir mit einer solchen Sanftheit und Ehrerbietigkeit, bewies er mir eine so große Achtung und Demut, daß die Angst, die mich erfaßte, als ich so nah bei mir einen Fremden gewahrte, sich verflüchtigte wie der Tau in der Sonne. Wie war es möglich, daß ich keine Furcht empfand, allein mit einem Fremdling? Mit jemandem, der noch dazu auf unbekannte Weise in den Garten meines Heimes gelangt war? Ich begreife es nicht. Aber solange der Jüngling sich hier befand und zu mir sprach, wie man zu einer bedeutenden Frau spricht und nicht zu dem bescheidenen Mädchen, das ich bin, fühlte ich mich beschützter als in Gegen-

wart meiner Eltern oder an den Sonnabenden im Tempel.
Wie schön er war! Ich sollte es nicht sagen, aber gewiß war ich niemals einem so harmonischen, sanften Wesen mit einer so vollkommenen Gestalt und einer so zarten Stimme begegnet. Ich konnte ihn kaum anschauen; jedesmal, wenn meine Augen sich auf seine zarten Wangen, auf seine glatte Stirn oder auf die langen Wimpern der großen Augen voll Güte und Weisheit hefteten, spürte ich die Wärme der Morgenröte in meinem Gesicht aufsteigen. War es das, was die Mädchen am ganzen Körper fühlen, wenn sie sich verlieben? Diese Hitze, die nicht von außen kommt, sondern aus dem Innern des Körpers, aus der Tiefe des Herzens? Meine Freundinnen aus dem Dorf sprechen oft davon, ich weiß das, aber wenn ich mich ihnen nähere, verstummen sie, weil sie wissen, daß ich sehr schüchtern bin und mich gewisse Dinge – die Liebe zum Beispiel – so sehr verwirren, daß mein Gesicht hochrot wird und ich zu stottern beginne. Ist es schlecht, so zu sein? Esther meint, daß ich durch meine Verzagtheit und Scham niemals erfahren werde, was Liebe ist. Und Deborah versucht stets, mich zu ermutigen: »Du mußt dir ein Herz fassen, oder dein Leben wird traurig sein.«
Aber der rosige Jüngling sagte, daß ich die Auserwählte sei, daß man unter allen Frauen mich bestimmt habe. Wer? Wozu? Warum? Was habe ich

Gutes oder Schlechtes getan, daß jemand mir den Vorzug gibt? Ich weiß sehr genau, wie wenig ich wert bin. Im Dorf gibt es schönere und tüchtigere, stärkere, aufgeklärtere und tapferere Mädchen. Weshalb sollte man also mich auswählen? Um meiner größeren Zurückhaltung und Ängstlichkeit willen? Um meiner Geduld willen? Weil ich mich gut mit allen vertrage? Weil ich so liebevoll unsere kleine Ziege melke und mir die einfachen, alltäglichen Verrichtungen wie der Hausputz, die Gartenpflege und die Zubereitung des Essens für meine Eltern solche Freude verursachen? Ich glaube nicht, daß ich andere Verdienste besitze, wenn es denn überhaupt Verdienste sind und nicht Mängel. Deborah sagte mir einmal: »Dir fehlt es an Ehrgeiz, Maria.« Vielleicht stimmt das. Was soll ich tun, wenn ich so geboren bin: mir gefällt das Leben, und die Welt erscheint mir schön, wie sie ist. Deshalb sagt man vielleicht, ich sei einfach. Wahrscheinlich stimmt das, denn Komplikationen habe ich stets vermieden. Aber ein paar Wünsche habe ich doch. Zum Beispiel, daß meine kleine Ziege niemals stürbe. Wenn sie mir die Hand leckt, denke ich, daß sie eines Tages sterben wird, und dann krampft sich mir das Herz zusammen. Es ist nicht gut zu leiden. Ich wünschte auch, niemand müßte leiden.

Der Jüngling sagte widersinnige Dinge, aber er sagte sie so melodiös und ohne Falsch, daß ich nicht zu lachen wagte. Daß ich benedeit sei, ich und die Frucht meines Leibes. Das sagte er. Ob er vielleicht ein Zauberer war? Ob er wohl mit diesen Worten eine Zauberformel für oder gegen etwas oder jemanden sprach? Ich konnte ihn nicht danach fragen. Auf seine Worte hin vermochte ich nur zu stammeln, was ich antworte, wenn meine Eltern mich belehren oder tadeln: »Es ist recht, ich werde tun, was mir gebührt, Herr.« Und ich bedeckte mir erschrocken den Leib mit meinen Händen. Die »Frucht meines Leibes«, soll das bedeuten, daß ich ein Kind haben werde? Wie glücklich würde ich sein. Ich wünschte, es wäre ein Junge, so sanft und geheimnisvoll wie der Jüngling, der zu mir kam.

Ich weiß nicht, ob ich mich über diesen Besuch freuen oder ängstigen soll. Ich ahne, daß mein Leben sich fortan verändern wird. Auf welche Weise? Wird es zu meinem Glück oder zu meinem Unglück sein? Warum spüre ich inmitten der Freude, mit der ich mich der süßen Worte dieses Jünglings entsinne, plötzlich Angst, als täte sich auf einmal die Erde auf und ich erblickte zu meinen Füßen einen Abgrund voll schrecklicher Ungeheuer, in den ich springen muß?

Er sagte hübsche Dinge, die sehr schön klangen, aber schwer verständlich waren. »Außergewöhnliche Bestimmung, übernatürliche Bestimmung«, unter anderem. Was meinte er damit? Meine Art zu sein

bestimmt mich eher für das Gewöhnliche, das Gemeine. Was auffällt oder aus der Reihe tanzt, jede Gebärde oder Tat, die das Gewohnte oder Normale verletzt, hemmt und entwaffnet mich. Wenn jemand in meiner Gegenwart Maß und Ziel überschreitet und sich lächerlich macht, wird mein Gesicht flammend rot, und ich leide für ihn. Ich fühle mich nur wohl, wenn die anderen keine Notiz von mir nehmen. »Maria ist so unauffällig, daß sie unsichtbar zu sein scheint«, neckt mich meine Nachbarin Rachel. Ich höre das gern von ihr. Es stimmt: unbemerkt bleiben heißt für mich glücklich sein.
Das bedeutet jedoch nicht, daß es mir an Träumen und Gefühlen gebricht. Nur hat mich das Außergewöhnliche niemals angezogen. Meine Freundinnen versetzen mich in Erstaunen, wenn ich sie höre: sie möchten reisen, viele Sklaven besitzen, sich mit einem König vermählen. Mich schüchtern diese Phantasien ein. Was täte ich in fremden Landern, unter fremden Menschen, mit fremden Sprachen? Und was wäre ich für eine klägliche Königin, wo mir schon die Stimme versagt und die Hände zittern, wenn irgendein Unbekannter mir zuhört? Was ich vom Leben erbitte, ist ein ehrbarer Ehemann, gesunde Kinder und ein ruhiges Leben ohne Hunger und ohne Angst. Was wollte der Jüngling sagen mit »außergewöhnlicher, übernatürlicher Bestimmung«? Meine Schüchternheit hinderte mich, ihm gebührend zu

antworten: »Ich bin nicht darauf vorbereitet, ich bin nicht die, von der Ihr sprecht. Geht lieber zu der schönen Deborah oder zu der tatkräftigen Judith oder in das Haus Rachels, der Klugen. Wie könnt Ihr mir verkündigen, ich werde die Königin der Menschen sein? Wie könnt Ihr sagen, man werde in allen Sprachen zu mir beten und mein Name werde die Jahrhunderte durchziehen wie die Gestirne den Himmel? Ihr habt Euch im Mädchen und im Haus geirrt, Herr. Ich bin allzu gering für diese großen Dinge. Ich existiere fast nicht.«

Bevor der Jüngling sich entfernte, neigte er sich und küßte den Saum meiner Tunika. Eine Sekunde lang sah ich seinen Rücken: dort spannte sich ein Regenbogen, als hätten sich die Flügel eines Schmetterlings auf ihm niedergelassen.

Jetzt ist er fort, und ich bin mit einem Kopf voller Zweifel zurückgeblieben. Warum sprach er mich als Frau an, da ich doch noch ledig bin? Warum nannte er mich Königin? Warum sah ich Tränen in seinen Augen schimmern, als er mir prophezeite, daß ich leiden würde? Warum nannte er mich Mutter, da ich Jungfrau bin? Was geschieht? Was wird aus mir nach diesem Besuch?

Epilog

»Hast du denn nie Gewissensbisse, Fonchito?« fragte Justiniana plötzlich. Sie sammelte die Kleidungsstücke ein, die das Kind achtlos auszog und ihr dann mit Basket-Ball-Pässen zuwarf, und legte sie gefaltet über einen Stuhl.
»Gewissensbisse?« sagte die kristallklare Stimme erstaunt. »Weswegen?«
Sie hatte sich gebückt, um ein Paar mit grünen und granatroten Rhomben gemusterte Strümpfe aufzuheben, und beobachtete ihn im Spiegel der Kommode: Alfonso hatte sich auf den Bettrand gesetzt und zog sich die Hose des Schlafanzugs an, wobei er die Beine anwinkelte und dann streckte. Justiniana sah seine weißen, schmalen Füße mit den rosigen Fersen, sah, wie die zehn Zehen sich bewegten, als machten sie Gymnastikübungen. Schließlich traf ihr Blick den des Kindes, das ihr sogleich zulächelte.
»Mach bloß nicht so ein scheinheiliges Gesicht, Foncho«, sagte sie und richtete sich auf. Sie rieb sich die Hüften und seufzte, während sie das Kind unschlüssig anschaute. Sie fühlte, daß die Wut sie wieder überwältigen würde. »Ich bin nicht sie. Mich wirst du nicht bestechen oder täuschen mit dieser Unschuldsmiene. Sag mir endlich die Wahrheit. Hast du keine Gewissensbisse? Nicht einen einzigen?«
Alfonso brach in lautes Lachen aus und ließ sich mit ausgebreiteten Armen rückwärts auf das Bett fallen. Er dribbelte mit hocherhobenen Beinen um einen

imaginären Ball herum. Sein Lachen war heftig und überzeugend, Justiniana entdeckte nicht den leisesten Anflug von Spott oder Bosheit darin. ›Scheibenkleister‹ dachte sie, ›wer wird aus dieser Rotznase schlau.‹

»Ich schwör dir bei Gott, daß ich nicht weiß, wovon du redest«, rief das Kind aus, während es sich aufsetzte. Es küßte mit Inbrunst seine gekreuzten Finger. »Oder willst du mir ein Rätsel aufgeben, Justita?«

»Leg dich jetzt endlich ins Bett, du kannst dich erkälten. Und ich hab keine Lust, dich zu pflegen.«

Alfonso gehorchte ihr sofort. Er tat einen Satz, hob die Laken, ließ sich flink hineingleiten und rückte sich das Kopfkissen unter dem Rücken zurecht. Dann schaute er das Mädchen schmeichelnd und verwöhnt an, als würde er gleich einen Preis bekommen. Die Haare bedeckten seine Stirn, und seine großen blauen Augen leuchteten im Halbdunkel, da das Licht der Nachttischlampe nur seine Wangen erhellte. Sein lippenloser Mund stand halb offen und entblößte die schneeweiße Reihe der Zähne, die er sich gerade geputzt hatte.

»Ich rede von Doña Lukrezia, du kleiner Teufel, und du weißt das ganz genau, also tu nicht so«, sagte sie. »Tut es dir nicht leid, was du ihr angetan hast?«

»Ach, von ihr«, rief das Kind enttäuscht, als erschiene ihm das Thema allzu naheliegend und langweilig. Es zuckte die Schultern und fügte ohne Zaudern hinzu: »Warum sollte es mir leid tun? Wenn es meine Mama gewesen wäre, dann hätte es mir leid getan. War sie es vielleicht?«

Weder Groll noch Zorn lag in seiner Stimme oder in seinem Gesicht, wenn er von ihr sprach: aber gerade diese Gleichgültigkeit brachte Justiniana auf die Palme.

»Du hast es geschafft, daß dein Vater sie wie einen Hund aus dem Haus gejagt hat«, murmelte sie matt, tieftraurig, ohne ihm das Gesicht zuzuwenden, die Augen auf das glänzende Parkett geheftet. »Erst hast du sie angelogen und dann ihn. Du hast es geschafft, daß sie sich trennen, wo sie doch so glücklich waren. Du bist schuld daran, daß sie jetzt bestimmt die unglücklichste Frau der Welt ist. Und Don Rigoberto auch. Seit er sich von deiner Stiefmutter getrennt hat, geht er herum wie eine Seele im Fegefeuer. Hast du nicht gemerkt, wie ihn in ein paar Tagen die Jahre eingeholt haben? Auch das macht dir keine Gewissensbisse? Und ein Betbruder und Frömmler ist er geworden, wie ich noch keinen gesehen habe. So werden die Menschen, wenn sie fühlen, daß sie bald sterben. Und an allem bist du schuld, du Räuber!«

Sie wandte sich dem Kind zu, in der Angst, sie habe mehr gesagt, als klug war. Seit den Ereignissen traute sie nichts und niemandem mehr in diesem Haus. Fonchitos Kopf hatte sich ihr entgegengereckt, und der goldene Lichtkegel der Nachttischlampe umgab ihn jetzt wie eine Krone. Sein Erstaunen schien grenzenlos.

»Aber ich habe doch gar nichts getan, Justita«, stotterte er blinzelnd, und sie sah, daß sein kleiner Adamsapfel sich wie ein nervöses Tierchen an seinem Hals auf und nieder bewegte. »Ich habe nie jemanden belogen und am allerwenigsten meinen Papa.«

Justiniana spürte, wie ihr Gesicht brannte.

»Du hast alle angelogen, Foncho!« sagte sie mit lauter Stimme. Aber sie verstummte und hielt sich den Mund zu, denn in diesem Augenblick begann oben das Wasser im Waschbecken zu laufen. Don Rigoberto hatte seine abendlichen Waschungen in Angriff genommen, die seit Doña Lukrezias Fortgang sehr viel kürzer ausfielen. Jetzt ging er immer früh zu Bett, und man hörte ihn keine Operettenmelodien mehr trällern, während er sich seiner Toilette widmete. Als Justiniana fortfuhr, tat sie es ganz leise, während sie dem Kind mit dem Zeigefinger drohte.

»Und mich hast du natürlich auch angelogen. Wenn ich bedenke, daß ich das Märchen geschluckt habe, daß du dich umbringen würdest, weil Doña Lukrezia dich nicht lieb hat.«

Jetzt malte sich plötzlich Empörung im Gesicht des Kindes.

»Das war nicht gelogen«, sagte es, während es sie am Arm packte und schüttelte. »Das hat gestimmt, genauso war es. Wenn meine Stiefmutter mich weiter so behandelt hätte wie in diesen Tagen, hätte ich mich umgebracht. Das schwör ich dir, Justita!«

Das Mädchen entzog ihm unwillig ihren Arm und trat vom Bett zurück.

»Schwör nicht grundlos, Gott kann dich dafür strafen«, murmelte sie.

Sie trat ans Fenster, und als sie die Vorhänge beiseite schob, sah sie, daß am Himmel einige Sterne leuchteten. Sie betrachtete sie eine Weile erstaunt. Wie seltsam, statt des gewohnten Dunstes diese kleinen, flackernden Lichter zu sehen. Als sie sich umwandte, hatte das Kind nach dem Buch gegriffen, das auf dem Nachttisch lag, rückte sich das Kissen zurecht und schickte sich an zu lesen. Es wirkte wieder ruhig und unbeschwert, in Frieden mit seinem Gewissen und mit der Welt.

»Sag mir wenigstens eines, Fonchito.«

Über ihnen lief das Wasser des Waschbeckens mit beständigem, gleichmäßigem Rauschen, und auf dem Dach miauten zwei Katzen, die sich in den Haaren lagen oder es miteinander trieben.

»Was, Justita?«

»Hast du alles von Anfang an geplant? Das Getue, daß du sie so lieb hast, dann die Sache, daß du aufs Dach gestiegen bist und sie beim Baden beobachtet hast, der Brief, in dem du gedroht hast, dich umzubringen. Hast du das alles gespielt? Nur damit sie dich lieb hatte und du sie hinterher bei deinem Vater verpetzen und ihm erzählen konntest, sie würde dich verderben?«

Das Kind legte das Buch auf den Nachttisch, nachdem es zuvor einen Bleistift in die Seite eingelegt hatte. Sein Gesicht hatte einen beleidigten und wehrlosen Ausdruck angenommen.

»Ich habe niemals behauptet, daß sie mich verdorben hat, Justita!« rief es empört und boxte mit einer Hand in die Luft. »Das hast du erfunden, erzähl mir nichts. Mein Papa hat gesagt, daß sie mich verdorben hat. Ich habe nur diesen Aufsatz geschrieben und erzählt, was wir gemacht haben. Die Wahrheit also. Nichts ist gelogen. Ich bin nicht schuld daran, daß er sie rausgeworfen hat. Vielleicht stimmt es ja, was er gesagt hat. Vielleicht hat sie mich ja verdorben. Wenn mein Papa das sagt, wird es so sein. Warum regst du dich so darüber auf? Wärst du lieber mit ihr weggegangen, statt hierzubleiben?«

Justiniana lehnte sich mit dem Rücken an das Regal, in dem Alfonso seine Abenteuerbücher, die Wimpel und Leistungsurkunden und die Photographien aus der Schule aufgereiht hatte. Sie schloß kurz die Augen und dachte: ›Ich hätte schon lange gehen sollen, das stimmt.‹ Seit Doña Lukrezias Fortgang war sie von der Vorahnung erfüllt, daß in diesem Haus auch auf sie eine Gefahr lauerte; sie lebte wie auf heißen Kohlen, mit dem beständigen Gefühl, bei der geringsten Unachtsamkeit in eine Falle zu geraten, aus der sie schlimmer herauskäme als die Stiefmutter. Es war unvorsichtig gewesen, dem Kind so die Stirn zu bieten. Sie würde es nie wieder tun. Fonchito war trotz seiner Jahre kein Kind, er war hintertriebener und undurchschaubarer als alle Erwachsenen, die sie kannte. Und doch: wenn man dieses sanfte kleine Gesicht anschaute, diese puppenhaften Züge, konnte man es kaum glauben.

»Bist du böse mit mir?« hörte sie es betrübt fragen.

Es war besser, ihn nicht weiter zu provozieren; es war besser, Frieden zu schließen.

»Nein, bin ich nicht«, antwortete sie, während sie auf die Tür zuging. »Lies nicht so lange, morgen mußt du zur Schule. Gute Nacht.«

»Justita.«

Sie wandte sich um, eine Hand schon auf der Türklinke.

»Was ist?«

»Sei nicht böse mit mir, bitte.« Er flehte mit den Augen und den langen zitternden Wimpern; er bat sie mit dem Mund, der zu einer halben Schippe verzogen war, und mit den pulsierenden Grübchen der Wangen. »Ich hab dich sehr lieb. Aber du haßt mich, nicht wahr, Justita?«

Er sprach, als würde er gleich in Tränen ausbrechen.

»Ich hasse dich nicht, Dummkopf, wie könnte ich dich hassen.«

Über ihnen lief das Wasser immer noch mit gleichförmigem Geräusch, unterbrochen von kurzen Wirbeln, und man hörte auch dann und wann die Schritte Don Rigobertos, der im Badezimmer hin und her ging.

»Wenn es stimmt, daß du mich nicht haßt, dann gib mir wenigstens einen Abschiedskuß. Wie früher, hast du das vergessen?«

Sie zögerte einen Augenblick, aber dann willigte sie ein. Sie trat an das Bett, beugte sich hinunter und küßte ihn rasch auf die Haare. Aber das Kind hielt sie zurück, schlang ihr die Arme um den Hals und scherzte und alberte mit ihr herum, bis Justiniana ihm gegen ihren Willen zulächelte. Wie er so die Zunge herausstreckte, die Augen verdrehte, den Kopf schüttelte, die Schultern hochzog und fallen ließ, hatte er nichts von dem grausamen, kalten kleinen Teufel, den er in sich trug, sondern war das hübsche Kind, das er von außen schien.

»So, jetzt Schluß mit den Clownerien und schön geschlafen, Foncho.«

Sie küßte ihn noch einmal auf die Haare und seufzte. Und obwohl sie sich gerade vorgenommen hatte, daß sie mit ihm nicht mehr über die Sache reden wollte, hörte sie sich hastig sagen, während sie die Goldfäden betrachtete, die ihre Nase kitzelten:

»Hast du das alles für Doña Eloisa getan? Weil du nicht wolltest, daß jemand deine Mama ersetzt? Weil

du es nicht ertragen konntest, daß Doña Lukrezia ihren Platz hier im Haus eingenommen hatte?«
Sie spürte, wie das Kind steif und stumm wurde, als überlegte es, was es antworten sollte. Dann zwangen sie die kleinen Arme, die er um ihren Hals geschlungen hatte, den Kopf zu senken, so daß der lippenlose Mund sich ihrem Ohr nähern konnte. Aber statt ihn das erwartete Geheimnis flüstern zu hören, spürte sie, daß er am Rand ihres Ohres und am Halsansatz knabberte und sie küßte, bis ein Schauer über ihren ganzen Körper lief.
»Ich hab's für dich getan, Justita«, hörte sie ihn mit samtener, zärtlicher Stimme flüstern. »Nicht für meine Mama. Damit sie weggeht und wir allein sind, mein Papa, du und ich. Ich hab dich nämlich ...«
Das Mädchen spürte, wie sich überraschend der Mund des Kindes auf den ihren preßte.
»Mein Gott, mein Gott.« Sie befreite sich aus seinen Armen, stieß es fort, schüttelte es ab. Während sie aus dem Zimmer stolperte, rieb sie sich den Mund und bekreuzigte sich. Ihr war, als würde ihr das Herz vor Wut platzen, wenn sie nicht an die Luft käme. »Mein Gott, mein Gott.«
Als sie draußen im Flur war, hörte sie Fonchito abermals lachen. Nicht sarkastisch, auch nicht spöttisch angesichts ihrer Scham und Empörung. Mit unverfälschter Fröhlichkeit, wie belustigt über einen Scherz. Frisch, entschieden, gesund, kindlich, über-

deckte sein Lachen das Geräusch des Wassers im Waschbecken, erfüllte die ganze Nacht und schien bis zu den Sternen emporzusteigen, die endlich einmal sichtbar waren am lehmfarbenen Himmel Limas.

Bildnachweis

1. Jacob Jordaens, Kandaules, König von Lydien, zeigt dem Minister Gyges seine Frau (1648), Öl auf Leinwand, Staatliches Museum Stockholm.
2. François Boucher, Diana beim Bade (1742), Öl auf Leinwand, Louvre, Paris.
3. Tiziano Vecellio, Venus mit Amor und Musik (um 1545), Öl auf Leinwand, Prado, Madrid.
4. Francis Bacon, Kopf I (1948), Öl und Tempera, Sammlung Richard S. Zeisler, New York.
5. Fernando de Szyszlo, Weg nach Mendieta 10 (1979), Acryl auf Leinwand, Privatsammlung.
6. Fra Angelico, Die Verkündigung (um 1437), Fresko, Kloster San Marco, Florenz.

Inhalt

NF 509/1/2.04

Mario Vargas Llosa
im Suhrkamp Verlag

Die Anführer. Erzählungen. Übersetzt von Elke Wehr. Gebunden und st 2448. 126 Seiten

Das Fest des Ziegenbocks. Roman. Übersetzt von Elke Wehr. Gebunden und st 3427. 544 Seiten

Der Fisch im Wasser. Erinnerungen. Übersetzt von Elke Wehr. 688 Seiten. Gebunden. st 2850. 680 Seiten

Ein trauriger, rabiater Mann. Über George Grosz. Übersetzt von Elke Wehr. 80 Seiten. Leinen

Flaubert und ›Madame Bovary‹. Die ewige Orgie. Übersetzt von Maralde Meyer-Minnemann. 250 Seiten. Gebunden

Gegen Wind und Wetter. Übersetzt von Elke Wehr. es 1513. 284 Seiten

Geheime Geschichte eines Romans. Übersetzt von Elke Wehr. Kleine Reihe. 82 Seiten. Kartoniert

Die geheimen Aufzeichnungen des Don Rigoberto. Roman. Übersetzt von Elke Wehr. Gebunden und st 3005. 470 Seiten

Der Geschichtenerzähler. Roman. Übersetzt von Elke Wehr. 287 Seiten. Gebunden. st 1982. 288 Seiten

Gespräch in der Kathedrale. Roman. Übersetzt von Wolfgang A. Luchting. st 1015. 630 Seiten

NF 507/1/2.04

Das grüne Haus. Roman. Übersetzt von Wolfgang A. Luchting. 504 Seiten. Gebunden. st 342. 429 Seiten

Der Hauptmann und sein Frauenbataillon. Roman. Übersetzt von Heidrun Adler. st 959. 284 Seiten

Die jungen Hunde. Erzählung. Übersetzt von Wolfgang Alexander Luchting. Mit einem Nachwort von José Miguel Oviedo, übersetzt von Michi Strausfeld. st 1841. 94 Seiten

Die kleinen Hunde. Erzählung. Übersetzt von Wolfgang Alexander Luchting. Mit einem Nachwort von José Miguel Oviedo, übersetzt von Michi Strausfeld. BS 439. 94 Seiten

Der Krieg am Ende der Welt. Roman. Übersetzt von Anneliese Botond. st 1343. 725 Seiten

La Chunga. Ein Stück. Übersetzt von Dagmar Ploetz. es 1555. 88 Seiten

Lob der Stiefmutter. Roman. Übersetzt von Elke Wehr. Mit Abbildungen. Leinen, BS 1086 und st 2200. 196 Seiten

Maytas Geschichte. Roman. Übersetzt von Elke Wehr. st 1605. 374 Seiten

Nationalismus als neue Bedrohung. Übersetzt von Bettina Engels. Edition Zweite Moderne. 150 Seiten. Kartoniert

Die Sprache der Leidenschaft. Übersetzt von Ulrich Kunzmann. 312 Seiten. Kartoniert

Die Stadt und die Hunde. Roman. Übersetzt von Wolfgang A. Luchting. st 622. 425 Seiten

NF 507/2/2.04

Tante Julia und der Kunstschreiber. Roman. Übersetzt von Heidrun Adler. st 1520, st 3320 und st 3585. 392 Seiten

Tod in den Anden. Roman. Übersetzt von Elke Wehr. 383 Seiten. Gebunden. st 2774. 384 Seiten

Wer hat Palomino Molero umgebracht? Roman. Übersetzt von Elke Wehr. Gebunden und st 1786. 202 Seiten

Die Wirklichkeit des Schriftstellers. Übersetzt von Lieselotte Kolanoske. es 2003. 191 Seiten

Das Paradies ist anderswo. Übersetzt von Elke Wehr. Gebunden. 496 Seiten

Wie man Romane schreibt. Übersetzt von Clementine Kügler. st 3601. 120 Seiten

Über Mario Vargas Llosa

Thomas M. Scheerer. Mario Vargas Llosa. Leben und Werk. Eine Einführung. st 1789. 223 Seiten

NF 507/3/2.04

Isabel Allende
im Suhrkamp Verlag

»Isabel Allende hat sich mit ihrer prallen Fabulierkunst in den Olymp zeitgenössischer lateinamerikanischer Literatur geschrieben ... Ein faszinierendes Feuerwerk aus Erlebtem und Erfundenem, Gelesenem und Gesehenem, aus Okkultismus und Spiritismus, alles zusammen eine farbenprächtige Mischung, genannt ›magischer Realismus‹, nach dem wir so süchtig sind.« *Stern*

Aphrodite – Eine Feier der Sinne. Übersetzt von Lieselotte Kolanoske. Illustrationen von Robert Shekter. Rezepte von Panchita Llona. Gebunden und st 3046. 328 Seiten

Eva Luna. Roman. Übersetzt von Lieselotte Kolanoske. Gebunden und st 1897. 393 Seiten

Fortunas Tochter. Roman. Übersetzt von Lieselotte Kolanoske. 480 Seiten. Gebunden. st 3236. 486 Seiten

Das Geisterhaus. Übersetzt von Anneliese Botond. 444 Seiten. Gebunden. st 1676. 500 Seiten. st 2887. 503 Seiten

Die Geisterhaus-Trilogie. Fortunas Tochter. Porträt in Sepia. Das Geisterhaus. Drei Romane in Kassette. Übersetzt von Lieselotte Kolanoske und Anneliese Botond. 1450 Seiten

Geschichten der Eva Luna. Übersetzt von Lieselotte Kolanoske. 364 Seiten. Gebunden. st 2193. 365 Seiten

Im Reich des Goldenen Drachen. Roman. Übersetzt von Svenja Becker. 363 Seiten. Leinen

NF 428/1/3.04

Im Bann der Masken. Roman. Übersetzt von Svenja Becker. 320 Seiten. Leinen

Paula. Übersetzt von Lieselotte Kolanoske. Gebunden und st 2840. 488 Seiten

Porträt in Sepia. Roman. Übersetzt von Lieselotte Kolanoske. 512 Seiten. Gebunden. st 3487. 464 Seiten

Die Stadt der wilden Götter. Übersetzt von Svenja Becker. Leinen und st 3595. 328 Seiten

Der unendliche Plan. Roman. Übersetzt von Lieselotte Kolanoske. st 2302. 460 Seiten

Der verwunschene Palast. Sechs Erzählungen. Übersetzt von Lieselotte Kolanoske. Gebundene Sonderausgabe. 128 Seiten

Von Liebe und Schatten. Roman. Übersetzt von Dagmar Ploetz. st 1735. 424 Seiten

Isabel Allende – Mein Leben, meine Geister. Gespräche mit Celia Correas Zapata. Übersetzt von Astrid Böhringer. Mit Abbildungen. st 3625. 220 Seiten

NF 428/2/3.04

Jorge Semprun
im Suhrkamp Verlag

Algarabía oder Die neuen Geheimnisse von Paris. Roman. Übersetzt von Traugott König und Christine Delory-Momberger. Die deutsche Übersetzung wurde in Zusammenarbeit mit dem Autor leicht gekürzt. st 1669. 453 Seiten

Blick auf Deutschland. Übersetzt von Michi Strausfeld, Joachim Meinert und Bernhard Dieckmann. es 2342. 240 Seiten

Federico Sánchez verabschiedet sich. Übersetzt von Wolfram Bayer. st 2636. 355 Seiten

Die große Reise. Roman. Übersetzt von Abelle Christaller nach der Originalausgabe. st 744. 239 Seiten

Jorge Semprun erzählt seine deutsche Geschichte. Zwei Bände: Die große Reise. Übersetzt von Abelle Christaller. – Was für ein schöner Sonntag! Übersetzt von Johannes Piron. 676 Seiten. Leinen in Kassette

Die Ohnmacht. Roman. Übersetzt von Eva Moldenhauer. BS 1339. 208 Seiten

Schreiben oder Leben. Übersetzt von Eva Moldenhauer. st 2727. 364 Seiten

Der Tote mit meinem Namen. Roman. Übersetzt von Eva Moldenhauer. Gebunden und st 3549. 208 Seiten

Unsre allzu kurzen Sommer. Übersetzt von Eva Moldenhauer. 255 Seiten. Gebunden. st 3253. 256 Seiten

NF 491/1/10.03

Was für ein schöner Sonntag! Übersetzt von Johannes Piron. Gebunden und st 3032. 395 Seiten

Der weiße Berg. Roman. Übersetzt von Eva Moldenhauer. st 1768. 268 Seiten

Der zweite Tod des Ramón Mercader. Roman. Übersetzt von Gundl Steinmetz. Gebunden und st 564. 382 Seiten

Jorge Semprun/Elie Wiesel. Schweigen ist unmöglich. Übersetzt von Wolfram Bayer. es 2012. 60 Seiten

Norbert Gstrein/Jorge Semprun. Was war und was ist. Reden zur Verleihung des Literaturpreises des Konrad Adenauer Stiftung. Sonderdruck edition suhrkamp. 48 Seiten

NF 491/2/10.03

Cees Nooteboom im Suhrkamp Verlag

Erzählungen und Romane

Allerseelen. Roman. Übersetzt von Helga van Beuningen. 436 Seiten. Leinen. st 3163. 440 Seiten

Der Buddha hinter dem Bretterzaun. Eine Erzählung. Übersetzt von Helga van Beuningen. BS 1189. 84 Seiten

Ein Lied von Schein und Sein. Übersetzt von Helga van Beuningen. BS 1024. 98 Seiten. st 2668. 110 Seiten

Die folgende Geschichte. Übersetzt von Helga van Beuningen. 147 Seiten. Gebunden. BS 1141. 146 Seiten. st 2500. 148 Seiten

In den niederländischen Bergen. Roman. Übersetzt von Rosemarie Still. 145 Seiten. Gebunden. st 2253. 146 Seiten

Kinderspiele. Erzählung. Übersetzt von Helga van Beuningen. 45 Seiten. Bütten-Broschur

Mokusei! Eine Liebesgeschichte. Übersetzt von Helga van Beuningen. st 2209. 74 Seiten

Das Paradies ist nebenan. Roman. Mit einem Nachwort zur Neuausgabe. Übersetzt von Josef Tichy. st 1867. 142 Seiten

Der Ritter ist gestorben. Übersetzt von Helga van Beuningen. Leinen und BS 1286. 151 Seiten

Rituale. Roman. Übersetzt von Hans Herrfurth. Gebunden und st 2446. 231 Seiten. st 2862. 232 Seiten

NF 228/1/8.02

Nooteboom, der »Augenmensch«

Berliner Notizen. Mit Fotos von Simone Sassen. Übersetzt von Rosemarie Still. es 1639. 338 Seiten

Die Dame mit dem Einhorn. Europäische Geschichten. 350 Seiten. Leinen

Im Frühling der Tau. Östliche Reisen. Übersetzt von Helga van Beuningen. st 2773. 344 Seiten

Nootebooms Hotel. Übersetzt von Helga van Beuningen. Leinen und st 3387. 528 Seiten

Die Insel, das Land. Geschichten aus Spanien. Übersetzt von Helga van Beuningen. Mit zahlreichen Fotos und Illustrationen. 120 Seiten. Leinen

Rückkehr nach Berlin. Übersetzt von Helga van Beuningen. 54 Seiten. Kartoniert

Selbstbildnis eines Anderen. Träume von der Insel und der Stadt von früher. Übersetzt von Helga van Beuningen. 73 Seiten. Leinen

Der Umweg nach Santiago. Mit Fotos von Simone Sassen. Übersetzt von Helga van Beuningen. 415 Seiten. Gebunden. st 2553. 416 Seiten

Wie wird man Europäer? Übersetzt von Helga van Beuningen. es 1869. 92 Seiten

NF 228/2/8.02

Gedichte

Gedichte. Ausgewählt und übersetzt und mit einem Nachwort von Ard Posthuma. 163 Seiten. Leinen

Das Gesicht des Auges. Het gezicht van het oog. Zweisprachig. Übersetzt von Ard Posthuma. Leinen und BS. 86 Seiten

So könnte es sein. Übersetzt von Ard Posthuma. 126 Seiten. Leinen

NF 228/3/8.02